15/20卷

江户川乱步青年侦探全集

侏儒法师

【一寸法師】

[日]江户川乱步(えどがわ らんぽ)◎著

叶荣鼎◎译

時代文藝出版社

图书在版编目（CIP）数据

江户川乱步青年侦探全集. 15，侏儒法师 /（日）江户川乱步著；
叶荣鼎译. —长春：时代文艺出版社，2016.6

ISBN 978-7-5387-5230-4

Ⅰ.①江… Ⅱ.①江… ②叶… Ⅲ.①侦探小说－日本－现代 Ⅳ.①I313.45

中国版本图书馆CIP数据核字（2016）第111053号

出品人　陈　琛
产品总监　郭力家
责任编辑　刘瑀婷
　　　　　闫松莹
装帧设计　黄　龙
排版制作　隋淑凤

江户川乱步青年侦探全集 15

侏儒法师

[日] 江户川乱步 著　叶荣鼎 译

出版发行 / 时代文艺出版社
地址 / 长春市泰来街1825号　时代文艺出版社　邮编 / 130011
总编办 / 0431-86012927　发行部 / 0431-86012957　北京开发部 / 010-63108163
官方微博 / weibo.com / tlapress　天猫旗舰店 / sdwycbsgf.tmall.com
印刷 / 三河市万龙印装有限公司
开本 / 640mm×910mm　1 / 16　字数 / 124千字　印张 / 11.5
版次 / 2016年6月第1版　印次 / 2016年6月第1次印刷　定价 / 20.00元

图书如有印装错误　请寄回印厂调换

出版说明

江户川乱步本名平井太郎，1894年10月21日生于日本三重县名张市，是日本著名的推理作家、评论家，“本格派”推理的创始人，被誉为“日本侦探推理小说之父”。

1923年，他在《新青年》杂志上发表本格推理处女作《二钱铜币》（收录于全集11卷中）轰动文坛，奠定了日本侦探小说的基础，同时也引领了日本推理小说的创作风潮。

“本格”是日语词，有“正规、正统”之意。所谓“本格推理”是指推理者从谜案中搜寻蛛丝马迹，经过严密的逻辑推理，解开谜案疑点，拨云见日、找出真凶的过程。所以，在“本格推理”的世界中有两个要素不可或缺：一是难解的谜案（如密室杀人），二是逻辑严密的推理。这也是本格推理最大的魅力所在，因为谜案难解，才好奇；因为推理刺激，才痛快！

我们出版的“青年侦探全集”（全20卷），共包含23篇本格推理故事，情节扑朔迷离，悬念强烈，既充满诡谲的气氛，又有着环环相扣的严密推理。案情往往在看似山穷水尽之时峰回路转，出人意料又合情合理，令人拍案叫绝。其主角明智小五郎是江户川乱步成功塑造出的日本第一位名侦探，在日本家喻户晓，被称作“日本的福尔摩斯”。密室杀人案、死亡倒计时牌、钟楼里的秘密、五重塔的诅咒……不同于传统侦探故事中主角的开挂式超能，乱步笔下的大侦探在与凶手的博弈中，有时也会犯错误，甚至在交锋中败下阵来。但也正因如此，才使得明智小五郎的形象更为真实丰满，让金属般棱角分明的推理故事中多了一丝有血有肉的真情感。

该全集内容由著名日本文学翻译家叶荣鼎先生，历时八年翻译而成，不仅再现了一代推理大师的作品原貌，更注入了翻译家对大师的崇敬之情。相较于市面上现有的其他译本，叶荣鼎先生的译文文本规范、文字精当、情节紧凑、故事性强，适合各年龄段的读者阅读和收藏。

此外，还有专门为本套图书绘制的精美插图，穿插在故事中，凸现案件发展的关键节点。诚邀爱好侦探推理的朋友，跟随大师的妙笔一起畅游本格推理的世界。随着侦探与凶手视角的转换，一窥善恶。读罢小说，回归现实，你既不是机关算尽的凶手，也不是明察秋毫的神探，周遭的一切皆毫发无伤，但是你却收获了阅读应有的快乐。

时代文艺出版社

目 录

コンテンツ

深夜跟踪

“我该回家了！”

清水纹三直起靠在椅子背上的身体，伸了一个懒腰，自言自语道。

时间刚过午夜十二点，白天热闹非凡的浅草公园，此刻静悄悄的，昏暗的路灯使公园里显得更加冷清。

“但是，回家后也没有等着要做的事……”

清水纹三又将直起的身体靠在坐椅上。

他的眼前，浮现出灯光昏暗的宿舍。

“待在这里的心情，远比宿舍里好。”

不管做什么，清水纹三都嫌麻烦，此刻，他移动着视线眺望朦胧的黑夜。

浅草公园的地势相对比较高，在那里可以眺望周围的风景。

刚才还一直在闪烁的电影院霓虹灯光，眨眼间宛如被夜空吞噬了一样，一个个全消失了。取而代之的，是一团漆黑。

白天的闹市街头，深夜格外冷清，让人联想起荒凉原野的那种可怕。

就在清水纹三环视寂寞夜景的时候，冷不防传来跑步声，从黑暗的右侧朝自己靠近。

他吃惊地转过脸朝那里望去，只见朦胧的路灯下有人影晃动。

咦，大概是流浪儿吧？

他脑子里闪现出这样的感觉。

然而，那人影不像孩子。虽说个头看似十来岁儿童那般高，但肩膀上扛着的却是大人脑袋。

头发密而厚，乱蓬蓬的，遮住宽而扁的额头。土色的脸上，嘴和眼睛特别大。肩膀的宽度和上身长度，与普通男子相同，可下身两条腿特别短，是值得同情的侏儒。

古代故事里出现的侏儒和小矮人，就是这模样。

奇怪的侏儒，也许没察觉这里有清水纹三的存在，慌慌张张，迈着碎步跑着。

他匆忙地从清水纹三跟前经过两三步时，怀里突然掉出一样黑色东西，滚落在地上。形状狭长，长度三十厘米左右，被绸缎包裹着。

黑色物体包裹得很凌乱，有一端已经松开，露出端倪。

清水纹三没想到有侏儒出现，呆若木鸡地望着，朝包裹扫视了一眼。

“啊！”突然，他轻轻喊出了声，但又急忙闭上嘴巴。

朦胧的灯光下，包裹一端露出的是人的小手臂。

五个苍白的手指看似还很柔软，手朝着天空呈抓握模样。

侏儒可能以为周围空无一人，不紧不慢地拾起包裹，胆大地抱在怀里，又匆匆小跑起来。

清水纹三瞠目结舌，望着眼前发生的一切，许久没缓过神来。啊，简直像梦里见到的情景。

怎么回事？侏儒抱手臂的姿势好像很谨慎。

突然间，清水纹三恍然大悟起来。不，让我再想一想！这绝不是什么小事！他像热锅上的蚂蚁焦急不安起来，随即腾地站起身来。

侏儒一边龇牙咧嘴地痴笑，一边在朦胧光线下小跑着。

不，我不能袖手旁观。

清水纹三开始跟踪侏儒。

他踮起脚尖，身上全部神经似乎全集中到脚尖上。朝下走完石台阶，眼前不远的地方便是侏儒的背影。

他与侏儒保持着一定距离，尽管脚不停地走，可他的大脑还是觉得自己在梦里。漆黑的公园里，侏儒像老鼠那样奔跑着。看到这一切，无法言喻的恐惧感像电流传遍了全身。

尽管那样，清水纹三还是无法从侏儒那里移开视线，两条腿似乎被无形的绳索牵着，紧紧跟在侏儒的身后。

侏儒沿昏暗的羊肠小道一连转了好几个弯，再从菩萨庙背后穿过，直奔吾妻桥方向。渐渐地，他走的地方越来越偏僻。

夜深人静的路上，侏儒的奇怪身材和奔跑姿势让人感到更加恐惧。

须臾，他来到吾妻桥。如果是白天，这里是车水马龙，可现在，这里根本就没一个行人，唯有桥上的黑乎乎的铁扶手，笔直地向前延伸。

偶尔驶来一辆汽车，穿过大桥飞驰而去。

侏儒一边小跑，一边目视前方。到了桥中央，他突然停下脚步不走了，还转过脸观察身后。

跟踪到这里的清水纹三恰巧在他身后约二十米的地方，不由得慌了神。

大桥上一览无余，根本没有可以在瞬间隐蔽身体的掩体。清水纹三无可奈何，只得装成行人模样，硬着头皮继续刚才的步伐。

可从侏儒脸上的表情看，他似乎已经察觉到有人跟踪。侏儒停住脚步时稍稍把手插入怀里，好像是要取出那只包裹。当看见清水纹三走来时又急忙抽出手，转过脸继续小跑起来。

这家伙刚才是企图把“手臂”扔入河里。

清水纹三越发觉得可疑，可想到自己的行动已被对方察觉又为难起来，可还是舍不得放弃跟踪侏儒。

他拉大与侏儒的距离，不像刚才那样胆大了。

大桥前面有红灯的地方是派出所，门口站着穿制服的警官，正注视着周围的动静。

清水纹三一看见警官本打算飞跑过去报案，但瞬间又打消了念头。等一下，等一下，现在报警还为时过早，再过一会儿也许能抓住证据什么的，到那时报告警察还来得及。

冒险心理占据上风的清水纹三，希望依靠自己的识别能力辨别出侏儒的行踪。在个人英雄主义心理的驱使下，他胆大起来，置可能出现的危险于脑后。

他只是用余光瞟了一眼派出所门口的值勤警官，继续跟踪。

侏儒走进大路背后的小巷里。这一带是贫民区，道路弯弯曲曲，形同迷宫。侏儒在那里转了好几个弯，加大了清水纹三的跟踪难度。

当跟踪到距离派出所大约三百米的时候，清水纹三开始后悔起来。

这不到三百米的一路上，左边是大门紧闭没有光线的住宅，右边是稀稀拉拉的杉树林围着的墓地。这么大的地方就一盏路灯，微弱的灯光照得墓地模模糊糊的。

侏儒在墓地里如鱼得水地穿行着，似乎很熟悉这一带。不知是否意识到背后还有尾巴，他始终没转过脸观察身后。

清水纹三有了刚才的经验，小心翼翼地跟着对方，在侏儒没转过弯之前绝对不露出脸来。在墓地里转过一道弯后，眼前出现了小寺院门。

侏儒在那里停住脚步，转过脸稍望了一眼背后，当确认身后没尾巴后，轻轻推开大门消失在门内了。

清水纹三躲在掩体背后，目不转睛地望着侏儒的背影消失。少顷，他走出掩体来到大门跟前。

他侧耳倾听了一下大门里的动静，接着悄悄推了推大门。

可门内侧已经上锁，根本推不动。

奇怪！侏儒只是轻推一下门就开了，根本就没上锁。看来，这家寺院也许是他的住所。

清水纹三突然这样想道。

可是，尽管大门刚才没锁，这里也未必就是侏儒的住所。

是啊，自己可不能磨磨蹭蹭的。也许，侏儒穿过寺院朝背后的墓地方向逃走了。

清水纹三赶紧返回，埋伏在杉树后，瞪大眼睛望着寺院后侧。

墓地另一侧有住宅，好像住着寺院里的人。凑巧这时候，有人从门口走进住宅。

住宅里有灯光朝外洒落，映照出一个人影来，非常清晰。是的，是侏儒。眨眼间，影子又像被吞噬那样消失在住宅里，接着传出上锁的金属摩擦声响，声音很轻。

毫无疑问，侏儒的住所就是这家寺院。

清水纹三为了不暴露自己，谨慎地从杉树围墙上的窟窿里穿过，朝住宅方向走去，在住宅门口附近站了好一会儿，观察里面的动静。

但住宅里的人也许都睡了，鸦雀无声，灯光好像也熄灭了。

清水纹三孤注一掷，走到跟前把耳朵贴在门上，可还是什么声音也没听见。就这样，他在门口又站立了好一会儿……

深入实地

次日早晨。

清水纹三在宿舍里一直酣睡到十点左右，由于附近小学孩子们的叫喊声传入耳朵而猛地睁开眼睛。

阳光从防雨木窗间隙射入房间，照得他眼花缭乱。他从被窝里伸出手，费力地把窗打开一半。

令人心旷神怡的早晨空气，一下涌入充满二氧化碳的卧室，他顿感浑身舒服，不由得翻了个身。猛然间，眼前模模糊糊地浮现出昨晚的情景。

昨天晚上好像发生过什么。

转眼间又仿佛觉得那是梦里发生的事情。

寺院里没有光线的住宅门前，站着全神贯注观察里面动静的自己……当深夜冰凉的空气渐渐渗入体内时，发热的头脑开始逐渐冷却。

大大小小的黑色墓碑，在远处射来的微弱路灯下犹如一大群魔鬼。他开始感到与紧张不一样的恐惧，浑身布满了鸡皮疙瘩。

这时不知从哪里传来悲惨的鸡叫声，仿佛可怜的鸡被整个压扁了。

听到这叫声，清水纹三浑身颤抖，拔腿就跑，不顾一切地逃离了寺院的住宅门口。

在墓地里穿行的时候，他似乎觉得有人在追赶自己，他拼命地奔跑。跑着跑着，好像跑进了迷宫，连出入口也找不着了。又跑了好一会儿，才总算来到车辆通行的路上。

这时，凑巧驶来一辆没有乘客的出租车。清水纹三像遇上救星似的，赶紧跳上车返回宿舍。

昨晚把他累得够呛，也许眼前出现了恍惚。人的手臂怎么可能被包裹着呢？这么愚蠢的事怎么可能呢？

整个卧室里洋溢着明媚的春光，清水纹三原本压抑的情绪豁然开朗起来，似乎昨晚的所见所闻都是假的。他苦笑着伸了个大懒腰，摊开宿舍女主人放在房门口的报纸，首先翻开社会新闻版面，阅读起来。

最近一段时间，他养成了看报时先翻阅社会版面的习惯。可今天，并没刊登什么特别有趣的新闻，不像平时那样，两三行大标题下面净是充满血腥味的凶杀案。这些就像陌生世界发生的事情，根本提不起他的兴趣。

就在他打算翻阅其他版面的时候，注意力突然被一篇报道深深吸引住了。

清水纹三不由得吃了一惊。那上面印有两行标题，下面是这样的报道：

水沟里发现一条女性的腿！不可思议！无疑是一起凶杀案。

昨天下午，环卫工人在千住中组那里疏通水沟时，从淤泥里捞出一个包裹。打开后，发现里面有秤砣那样大小的石块和一条健康女性的腿。于是，引来了围观人群。

根据户山医学博士的鉴定，这是二十岁左右的女性的右腿，是三天前被人从膝盖关节那里砍下的。从刀砍的痕迹来看，不是外科医生手术所致，而是不懂外科手术的外行人砍的。

但是，这附近一带没发生类似的凶杀案，也没人向警方报告家人失踪。从目前掌握的线索来看，无法断定究竟是什么人的腿。当时，地方警署怀疑可能是凶杀案，已经成立专案组排查。

报社似乎也不太重视该案，报道得非常简单。

可对于清水纹三来说，这篇不显眼的报道，却像一团熊熊烈火非常清晰地映入眼帘。不知不觉中，他已经起床坐在被子上，刻意地瞅着这篇报道一连看了五六遍。

可能是巧合。也许，昨晚发生的那一幕是自己的幻觉。

他极力使自己的情绪平静下来，可眼前似乎有异样的感觉，奇怪的侏儒仿佛随时会在自己的身后出现。

冷清的近郊水沟旁边，仿佛站着面目狰狞的侏儒，正在朝水沟里扔包裹。

清水纹三虽不知道如何是好，但总觉得身后有人追自己似的，从床上一骨碌爬起来，急急忙忙地换衣服。

也不知做什么打算，只见他从架上卸下西服箱子，取出新做的西服和披风穿在身上。

从学校毕业后还未选定职业，他把这套西服和风衣视作最体面的外出服装。说实在的，这套蓝色西装与清水纹三非常相称。

“咦，打扮得这么潇洒，打算去哪里呀？”

经过楼下客厅时，宿舍女主人从清水纹三背后吃惊地问道。

“不，有点儿……”清水纹三支支吾吾地答道，急急忙忙地穿上鞋子出门了。当来到玻璃格子移门外面的时候，却又不知道该去哪里，茫然无头绪的。

是啊，还是把昨晚的所见所闻报告警方吧。

虽说脑海里闪现了这样的念头，可又觉得那好像是幻觉。一想到这里，神情瞬间沮丧起来，内心充满了矛盾，觉得不公开为好，还是藏在心里吧！

眼下，还是去一趟寺院，了解一下昨晚的情况吧。这样做，也许可以证实昨晚看到的究竟是不是幻觉。这必须在白天搞清楚，否则晚上无法安心。

他不再犹豫了，决定去那里核实。

在浅草雷门那里下车后，穿过吾妻桥，拐入尚有淡薄印象的小巷里。

可这一带的情景似乎与昨晚根本不一样，他开始恍惚，好像走进了迷宫。

深夜和白天的感觉，怎么会如此不同……

清水纹三在几乎相同的小弄堂里转来转去，费了好大劲儿总算来到模糊记忆里的寺院门前。

周围是空地。虽说这里处在闹市中心位置，却令人觉得格外偏僻。

昨天深夜，由于寺院大门紧闭，他并未注意到门前还有一家孤零零的点心铺。店主是一位老妇人，正坐在店门口边晒太阳边打瞌睡。

清水纹三故意走路发出脚步声，朝大门跟前走去。当他走到昨夜那幢住宅门口时不顾一切地用力推开大门，于是，大门开了，并发出嘎啦嘎啦的响声。

“对不起，打搅了。”清水纹三打了声招呼。

“是哪一位？”传来回答声。

光线暗淡的房间里，显得空空荡荡的，面积大约十几平方米。房间里坐着一个身穿白色衣服的和尚，年龄四十岁左右。

“我想打听一下……贵府……昨天，是否住过一个身患残疾的先生？”

“什么？你说什么？如果说残疾人……”和尚眨巴着眼睛吃惊地反问道。

“是个头很矮的先生，确实是昨天深夜回到这里的……”

清水纹三见和尚满脸惊讶的表情，觉得自己好像是胡编乱造说瞎话，不由得语无伦次起来，一路上想好要说的话全忘干净了。

“嗯，大概是你搞错了！我这里，不会让其他人进来居住。你要问的侏儒，我一点儿也想不起来……”

“我好像看到他确实走进贵寺院的……请问，这附近是否还有其他寺院？”

清水纹三还是怀疑这里，一边环视周围一边询问。

“没有，附近就我们这家寺院。但你说的侏儒僧人，我们这里没有！”

和尚睨视清水纹三，那眼神似乎在说，你这家伙信口开河！所以，回答的语气越来越生硬，态度也很冷淡。

清水三纹本打算就这样回家，可转而一想，既然已经来到这里，不能就这样怏怏而归，于是重新鼓起勇气继续问道：

“不，我问这情况是有原因的。昨天深夜，我在这里看见一个怪物！”

他一边说一边毫不礼貌地走到房门内侧，坐在门槛上。

“近来，社会上经常说起侏儒，我想多半就是那个头矮的男子。他怀里揣着一样东西走进这幢住宅，这情景我是亲眼看见的。

“当然，我是站在对面杉树围墙外面看见的……你真不知道吗？”

清水纹三说着，越发感到奇怪。

“哦，是吗？”

和尚脸上还是刚才惊讶的表情，望着清水纹三说，充满了嘲弄的语气。

“我一点儿也不知道！你大概是错觉吧？侏儒僧人跟我这里无关，我这里不可能发生那种傻事！哈哈哈……”

说完，他放声大笑。

车上相遇

清水纹三郑重其事地解说道："侏儒怀里还揣着东西，是一个包裹，里面包有一条人的小手臂。"

"我不知道你到底是什么人，可你真会编故事找碴！"和尚终于发火了。

"你开什么玩笑！侏儒僧人什么的，人的手臂什么的，你肯定是梦见的。我说了不知道，就是不知道！就像你见到的这样，我们的寺院非常狭小，不可能有藏人的地方。如果你还是坚持怀疑，那请你翻箱倒柜地搜吧！我是不会介意的。另外，你也可以去附近打听，我们寺院里是不是住有那样的怪人。"

"我并没有怀疑你呀！"

被和尚这么一说，清水纹三心里反倒没底了。

"我呢，是亲眼看见那个可疑家伙潜入你们寺院的。我这也是出于一片好心，是希望你提高警惕才来向你打听的。不过，我还是觉得奇怪，我确实亲眼见到的……”

“好好，你说你看见了就看见了吧！我可没时间再陪你说话了，我现在要去忙一点儿别的事。”和尚的脸上流露出极不耐烦的表情。

“好吧，对不起！打搅了。”清水纹三无可奈何地站起身来，就像被主人轰出去似的，狼狈不堪地走到门外。

哎呀，我的大脑可能是出什么问题了，居然傻乎乎地拜访寺院！也难怪被那个和尚嘲笑。看那个和尚说话时的神情，不像隐藏着什么秘密。总之，清水纹三觉得莫名其妙。

他直愣愣地站了一会儿，突然又想起什么，走到门前点心铺，只见那个老妇人营业员依然在打瞌睡。

“老人家，老人家，我要买那货架上面的米粉饼干。”

清水纹三买了一袋并不想要的东西，接着若无其事地向老妇人打听。

“这一带有没有一个矮个头男子，就是侏儒！有那模样的人吧？老人家，你见过那模样的人吗？”

“啊，我在这里已经住了很长时间了，你说的侏儒，我没见过也没听说过。”老妇人答道，脸上挂着不可思议的表情。

“这寺院里除僧人以外，还住着什么样的人？”

“哦，你是说这养源寺吧？这寺院有点儿怪兮兮的，就住着一个和尚。前不久来过一个小和尚，也许闲着没事干，又不见人影了。你还真是打破砂锅问到底！好吧，你如果真有事，我老伴儿可以帮你，他知道很多事情……”

老妇人看上去非常健谈，滔滔不绝地说个不停。但清水纹三想知道的情况，什么也没得到。

他赶紧打断老妇人琐碎的闲谈，朝电车道方向走去。

途中，清水纹三在好几家酒店和米店门口停下脚步，向店主提出与刚才相同的问题，可店主们的回答内容基本相同，都不知道这一带有侏儒僧人。此时此刻，那种莫名其妙的心情难以言喻。

清水纹三在雷门车站乘上电车后，脸上还是木然的表情，感到自己像喝了迷魂汤似的，脑袋里总有一层薄薄的、模模糊糊的幕布。

“噢，是清水君吗？”

当电车驶过上野的山车站时，不知是谁站在清水纹三前面打招呼。

正在沉思的清水纹三被这柔声柔气的招呼声吓了一跳，似乎做了什么坏事被人发觉的感觉，脸色顿时涨得通红通红的。

“呵，呵，呵……你这是怎么啦，瞪着两眼？”

站在他跟前的是山野夫人，她的丈夫是著名的实业家山野大五郎。

“去哪里？”山野夫人美丽的脸上带有几分倦意，眼睛打量着清水纹三。

清水纹三没想到像她这样的阔太太也挤电车，人多没座位时也手拉吊环，刹那间犹豫起来，不知如何回答是好。

“哦，好久不见了……请坐！”说完，急忙站起身来。

“哎，谢谢！正巧在这么好的地方见到你，享受你让的座位，太好了！清水君，想稍稍打扰你一下。如果不妨碍的话，能否请你陪我一下？下一站是广小路车站，和我一起下车好吗？”

“哦，行，我可以陪你。”清水纹三仿佛山野夫人的仆人，彬彬有礼地答道。

清水纹三与实业家山野大五郎是同乡，出于这样的原因，他经常出入山野家，自然而然地与山野夫人非常熟悉。

然而比起兄辈山野大五郎，清水纹三更在乎他的夫人。

两个人在广小路车站下车后，肩并肩地朝上野公园走去。

“清水君，你还没吃午饭吧？我也一样。不过，你还得陪我再待一会儿，干脆我们去精养轩餐馆吃西餐。再说，我要问你的事情最好别让人听见，否则会很难堪的……”山野夫人说话的口吻，似乎有什么重大话题。

可在清水纹三看来，吸引他的不是什么问话内容，而是精养轩那美味可口的西餐。不知怎的，他突然感到腹背贴在一起，饿极了。其实，这也是情有可原，如果细想一下，从早晨到现在，他还没用过餐呢！

山野夫人来到公园大门口人不多的地方，突然转过脸来，望着清水纹三提出一个奇怪的问题。

“哎，清水君，你好像哪一天对我说过，在你朋友中间有一个大侦探。是不是我弄错了？”

“哦，我确实说过，他叫明智小五郎。”清水纹三不假思索地答道。

拜访侦探

“我与明智君不是特别熟悉，只是认识得比较早而已。他去国外了，半年前刚回来，还是在那时候和他见的面，后来有好长时间没拜访过他。不过，他最近非常活跃，被誉为日本第一侦探。社会上有这么一种说法，其他私人侦探都无法与他相比。可他从国外回来后，不知何故，不太乐意接受客户的破案委托……哦，山野夫人，你找明智君有什么事吗？”清水纹三不解地问道。

“嗯，我还没告诉你呢！最近，家里发生了非常糟糕的事情……三千子小姐离家出走了！”

“什么？三千子小姐？我怎么一点儿也不知道？那是什么时候……”

山野夫人没等清水纹三问完，便一五一十地叙述起了事情的经过：

“凑巧，今天已经是第五天了。简直像变什么大魔术似的，她突然间就消失得无影无踪了。无论怎么思考，就是无法弄清她出走的原因和究竟是怎么出走的，仿佛神在支配她。

“我向警方报了案，委托他们寻找。我丈夫和家人也都分头外出寻找，可什么线索也没有得到。眼下，我的处境最尴尬。这原因，我想你也清楚。

“大阪那里好像有消息，丈夫昨晚出发去那里的分公司了，尽管没有公务。我也没休息，从早晨开始就这样到处找熟人打听。

“唉，疲劳极了！不过，有时候突然觉得坐一下电车或许能发现什么新的线索。尽可能去那些没车通行和人山人海的地方寻找，或者乘坐人头攒动的电车朝周围打量。瞧我，简直像侦探！”

山野夫人转过笑脸朝着清水纹三，话锋一转，切入与三千子根本无关的话题：“你知道养源寺的那个和尚吗？”

这出乎意料的新话题，使清水纹三吃了一惊。

“不，我并不知道……不过，你为什么问起他来？”

“我刚才在养源寺门前看见你了。”山野夫人语气里充满了好奇。

“我在寺院门前的广场上跟你擦肩而过，看见你很着急的模样，表情严肃，还板着脸。那寺院里的和尚与我丈夫也是同乡，可他古里古怪的。为了三千子小姐的事情，我顺便去那里向他打听。刚才，我就是从那里回来的。那和尚与你也是同乡，这情况你不知道吗？”

“是那样吗？我一点儿不知道。其实，我从昨晚开始一直是迷迷糊糊的，举止也古里古怪的。刚才，尽管见到夫人你，可一点儿也没意识到……最近，我的脑袋瓜一直是昏昏沉沉的。”

“照你那么说，你是在想什么奇怪的事？有什么心事吗？”

“夫人，你看报了吗？今天的晨报上，好像有一篇凶杀案的报道，是说千住水沟里发现一条年轻女子的腿。”

“哦，是那篇报道吗？我看了。家里出了三千子不告而别的事，我也不免吃了一惊。但不管怎么样，绝不会……”山野夫人笑得有点儿尴尬。

“可我有一个恐怖的经历。昨天晚上，我去浅草公园……”

清水纹三像坦白自己做的坏事那样，吞吞吐吐地说道。

“在光线暗淡的公园里，我遇到一个妖怪那样的家伙，谁知这情景停留在我的脑海里挥之不去，使得我神魂颠倒。这就是其中原因之一……”

山野夫人一听浅草公园就扑哧笑了，当清水纹三说到妖怪那样的家伙时，更加好奇了，眼睛闪闪发亮。

清水纹三像竹筒倒豆子，把昨晚的所见所闻叙述了一遍。

“哦，太可怕了。”山野夫人眉头紧锁。

“不过，也许是你的神经出了问题。养源寺的和尚不会撒谎，再说附近的人如果看见那样的怪人，不可能说不知道呀。”

“我也是这么想。是啊，可能还是我的脑瓜子出了问题。”

两个人就这样一边聊一边走，在上野的山上走了三十多分钟。

在这期间，山野夫人详细地叙述了三千子小姐离家出走的情况，还向清水纹三打听了关于明智小五郎的一些情况。

两个人商定去拜访明智小五郎。在精养轩餐馆吃完午饭，他俩乘上出租车去了明智小五郎居住的赤坂菊水旅馆。清水纹三非常兴奋，委托明智小五郎破案和昨晚开始的怪现象在他的心里交叉着涌动。

下车后，他们去旅馆服务台打听明智小五郎是否在房间里，当确认他没有外出后，清水纹三走在前面为山野夫人带路。

明智小五郎接到旅馆服务员的通知说来了客人，很爽快地出来迎接客人。他住的房间朝南，面积大约十七平方米，地上铺着榻榻米。

三个人围着中间的紫檀矮桌坐下。明智小五郎看上去心情很好，笑嘻嘻地与初次见面的山野夫人寒暄了一番，随后问起她的来意。山野夫人第一次见到这个内行侦探就非常有好感，像吃了定心丸似的，详细讲述了事件的整个过程。

从国外回来还不到半年的明智小五郎，每天什么也不做，悠闲度日，似乎打算休息一段时间。因此，他没有受理客人要求破案的委托，整天闭门不出，也不与别人交谈，但也感到闷得慌。

“看来，我必须继续干侦探这一行！必须忙得没时间睡觉，才能感悟到人生的价值，还能为自己带来乐趣。最近，可能又发生耸人听闻的大案了。”明智小五郎正在房间里如此这般思索着。凑巧这时候，学生时代因为同住一家旅馆而结识的清水纹三来了。

在山野夫人叙述的过程中，明智小五郎没有插话，一直静静地听着。凭着长时间的侦探经验，他觉得这是一起有趣的案件。

不知不觉，明智小五郎做起了他的习惯动作，手指伸入长长的头发里转来转去。平日里，一旦产生兴趣，他就会自然而然地重复这种动作。

实地侦查

山野夫人喋喋不休地说着。明智小五郎并不嫌她啰唆，非常认真地听着。

在这过程中，他的大脑在整理和分析山野夫人说的情况，把需要并且有价值的部分保留在记忆里。

下落不明者：山野三千子，女，十九岁，山野大五郎的女儿，去年从女子学校毕业。

父亲：山野大五郎，四十六岁，经营钢材和房地产公司。

母亲：山野百合子，三十岁，山野三千子的继母。几年前，山野三千子的亲生母亲去世。

用人：侍女两名，厨房和勤杂女用人两名，寄宿生一名，司机一名，司机助手一名。

上述是山野大五郎的全部家人。

“那，你是说至今没有得到任何线索？”

“是的，真不可思议。我刚才说过，三千子的卧室是在欧式别墅的二楼，可别墅大门就一个，我们夫妻的房间就在大门边上。如果她出去，势必会经过我们夫妻的房间门口，她的行踪我们马上就会知道。即便我们没有察觉，可大门是关着的，后门也是关着的，因此，不可能随便从屋里出去。”

“那是一幢欧洲风格的别墅吧？请问，窗关了吗？是否上插销了？”

“是的，插销是在里面上的。尽管窗外地面因为刚下过雨而松软，但没留下脚印那样的痕迹。”

“嗯，按理说，三千子小姐应该是从窗子那里出去的……请问，前一天晚上有什么异常吗？”

“好像没什么异常。天黑时，三千子小姐弹过钢琴。九点左右，我去她房间时她已经睡了。丈夫从公司下班回家，正在三千子卧室下面的书房里查阅资料，而且时间很长。因此，三千子如果从卧室出来或者有人潜入房间，无疑，最先发现的应该是我丈夫。丈夫休息时，用人们也都早已休息。因此，门是关着的，没有可以出去的地方。”

“奇怪呀！小姐不翼而飞是不可能的吧？一定是什么地方有漏洞。”

“说得也是。不过，门肯定是关着的，警察赶到现场后也调查过。这些刑事侦查警官看了现场后，也连连说奇怪，奇怪。”

“可能是第二天早晨出的门？”

“那不太可能。侍女小松早晨去信箱取信回来，这才发现三千子的床上没人。当时，别墅大门是关着的。女用人们一直在厨房里干活，如果三千子出去，她们不可能不知道。”

“三千子离家出走的大致原因，能否请你介绍一下？”

“哦，想不起来她有什么出走的原因。我不是她的亲生母亲，所有人都是用奇怪眼神看我。因此，我只想尽快知道她的下落，哪怕提前一秒钟也好。

“由于整天怀着这样的心情，待在家里总是忐忑不安。今天，凑巧丈夫不在家，我才得以抽空拜访您。”

山野夫人喋喋不休地诉说自己尴尬的处境。

“三千子有朋友吗？关系如何？最近一段时间里，三千子身边有异常现象吗？”

“说到朋友，毕业以后，好像没有亲密交往的朋友。结婚的话也听说过两三回，可她本人不感兴趣，也就不再有人提起。除这以外，并没有……”

山野夫人说到这里停顿了，好像接下来的话难以启齿。

“你说丈夫去了大阪，他是为什么去的？”

明智小五郎的提问，针对性越来越明确，似乎刺到夫人的痛处。

“啊，那……昨天……”山野夫人吞吞吐吐的。

“那里有很喜欢三千子小姐的姑妈，我丈夫可能觉得女儿会去她家里。”

明智小五郎紧盯着对方，山野夫人难以启齿的话好像是别的什么。

仅仅刚才说的情况，就已经够奇怪的了。

明智小五郎反复思索。

“像你刚才说的那样，你家小姐是在密室那样的房间里不见的。像这种情况，在现实生活里是不可能发生的。这无疑是错觉所致，宛如无聊的笑话。如果关键的地方调查得再仔细一些，藏匿小姐的地方就会很快察觉。能否让我查看一下三千子的卧室？也许能轻易解开小姐失踪之谜。”

“好，明智先生，我想立即委托您查办这起失踪案。今天就打搅您到这里，正巧车在外面等着，请您现在就光临我家，并请原谅我的冒昧邀请。”

“行，我立即跟你们一起去。”

明智小五郎说完立即起身，着手出门的准备。

出乎意料

三个人走出旅馆，告诉出租车司机去的目的地。一路上谁也没有开口说话，都倚在座位靠垫上休息。

片刻过后，明智小五郎自言自语地说了起来："这起案件看上去无聊，即便旁人也觉得荒唐，可这些现象，往往对于破案起关键作用。首先，在这起案件里，歹徒采用了看似愚蠢的超常手法。像这样反常的作案手法，必须采用逆向思维分析，尤其要注意与歹徒直接交锋。"

清水纹三与山野夫人没有插话，只是竖着耳朵听。

少顷，车驶过隅田川大桥，沿着河边朝向岛驶去。

清水纹三在车驶过吾妻桥的时候，想起今天早晨令他极不痛快的事情，紧接着脑海里又浮现出三千子下落不明和侏儒揣在怀里的那条手臂。

山野别墅坐落在向岛小梅町上最安静的一角。

车轻轻地鸣响喇叭，驶入漂亮的大门，穿过平整的碎石路，横着停靠在日式玄关门前。

主楼右侧，是一幢小型混凝土结构的二层西洋别墅，与主楼之间稍有些距离，与主楼形成直角。主楼左侧，是木结构的车库。虽算不上什么大型别墅，却给人一种豪宅的感觉。

走上玄关，山野夫人对前来门口迎接的寄宿生不知说了什么，随后带着他俩穿过走廊来到西洋别墅一楼的客厅。

客厅的装饰格调以及装饰材料，给人以心旷神怡的感觉。墙面是精致的壁纸，窗内有落地窗帘，地上铺有高级地毯，总体的颜色十分协调。还有家具和摆件的摆放，也非常讲究。

房间角落摆放着钢琴，富有光泽的琴面上映有从地面反射的地毯图案。

“三千子小姐穿的鞋子，你调查过吗？”

明智小五郎坐到椅子上，冷不防提出一个奇怪的问题。

“为什么？”

山野夫人对于明智小五郎生硬的问话方式大为惊讶，不解地反问道。

这当口她正打算离开客厅，由于见明智小五郎提问，便坐到椅子上。

“小姐如果离家出走，那应该少一双鞋子。”

明智小五郎面对山野夫人脸上不可思议的表情，解释道。

“哦，平日里一直穿的那双普通鞋子是不见了，还有围巾和一个有网眼儿的小包也不见了。”

“她穿什么衣服走的？”

“就平时那种打扮，身穿红色连衣裙。”

“按理她不可能跨出紧闭的大门，可她的围巾和鞋子不见了。那么，你能提供小姐出走的证据吗？”明智小五郎歪着脑袋问道。

“能。”山野夫人满脸困惑。

“好，请允许我查看这幢西洋别墅。”

明智小五郎边说边迅速起身。

西洋别墅的一楼，就两个房间，一间是客厅，一间是山野大五郎的书房。

明智小五郎在书房里环视了一周，沿着走廊尽头的楼梯走上二楼。清水纹三和山野夫人跟着来到二楼。

二楼有三个房间，是三千子一个人使用。

房间里很凌乱，一眼就可看出三千子不是很细心的女孩儿。

化妆室里，各种化妆品乱作一团。书架和桌子上，也乱七八糟。

山野夫人先后打开壁橱和书架，接着拉开桌子抽屉，取出最近由别处寄来的信。可这些，都没有引起明智小五郎的兴趣。

“壁橱里，我那天早晨仔细查看过，没发现奇怪的迹象。”山野夫人补充道。

“奇怪！只要她不是幽灵，就不可能走出房门紧闭的别墅。”

明智小五郎用手摸了墙上的壁纸，再检查窗上的插销，嘴里嘀咕着。

清水纹三听了这话，不由得晃了一下。

假设山野三千子被藏在家里长达五天时间，肯定已经变成一具尸体了。

他的眼前，仿佛又出现了昨夜的“噩梦续集”。

三个人在别墅里转了一圈，又返回客厅。

“三千子小姐非常喜欢弹钢琴吧？夫人，你会弹钢琴吗？”

明智小五郎站在客厅的大钢琴前面，掀开琴盖问。

“我不会。”

“那，除三千子小姐外，家里没人会弹钢琴吧？”

山野夫人点点头。

这时，明智小五郎似乎想到了什么，一屁股坐到琴凳上胡乱地按琴键。

山野夫人和清水纹三见明智小五郎像顽童模样，吃了一惊，不由得相互对视了好一会儿。

可是，他俩察觉到奇怪的钢琴声。

明智小五郎的手指按琴键时，发出的居然是像螺丝松弛的钟摆声响。

“一直是这种声音吗？”

明智小五郎停止按琴键的手，转过脸问山野夫人。

“不，怎么可能是这种声音！这钢琴一直是三千子使用的。”

明智小五郎又试了一遍，可还是这样的怪声，好像哪个键走了调。

经过查找，一处相邻的键发出了怪声。

清水纹三和山野夫人面面相觑，被这难以言喻的可怕音调惊呆了，猛然间觉得整个背部冷飕飕的。

山野夫人脸色通红，把刚才朝着清水纹三的脸转向明智小五郎。

明智小五郎用眼神示意，轻声说道："行吗？我要打开琴盖检查。"

"好……请。"山野夫人用颤抖的声音答道。

于是，明智小五郎转到钢琴侧面，掀起沉重的后盖朝里面窥视。清水纹三则从明智小五郎身后弯腰向前探出，两眼紧盯着他脸上的表情。

他在想，钢琴后盖下面的空间里也许有可怕的东西，也许是一具没有手没有脚、浑身是血的尸体。于是，惨不忍睹的情景一幕幕在他眼前浮现。

钢琴盖完全打开了，里面什么奇怪情况也没有，只见无数琴弦纵横交错地紧绷着，与弹簧和小金属槌排列在一起。

看到这里，清水纹三重重地松了一口气，觉得自己又是在凭空胡思乱想，难为情地望了一眼山野夫人的脸，什么话也没说，只是微笑。

山野夫人刚才想象的，和清水纹三似乎是同一个内容，这时，只听见她也轻轻松了一口气。

但是，唯明智小五郎的表情依然严肃，弯着腰一丝不苟地检查钢琴，眼睛里射出锐利的目光。

稍过了一会儿，明智小五郎直起腰，转过脸望着他俩大声说道：

“夫人，这不是出走，而是发生了比出走更恐怖的凶杀案件。你别慌张！这大概是三千子小姐的东西吧？”

明智小五郎说完，出示了一枚精细的金属发钗。

“是的，我想多半是她的。”

“这发钗挂在钢琴里面，于是发出那样的怪声。还有三千子小姐的头发很细，但上面好像有一些红颜色的东西。”

明智小五郎边说边竖起手指放在眼前观察，手指上有一根头发。

“啊，那……”山野夫人发出惊叫声。

“是的，把人塞在这里面，后琴盖就无法关上。虽说没有盖严实，但人还是被塞在里面。”

明智小五郎说到这里好像语塞，停顿了一下。接着，他又继续说道：“这是我的想象。罪犯暂时把三千子小姐藏在这里面，目的是伪造小姐下落不明的假象，转移大家的视线，随后伺机把三千子小姐转移到别墅以外的地方。”

“可那天，来这里的客人一个都没有注意到钢琴。再说这房间距离我们夫妻的房间最近，按理说，如果真有人潜入房间，我们会立即发觉的……”

山野夫人歪着嘴巴，似乎想否定明智小五郎的推理。

然而，明智小五郎并没有把山野夫人的话当一回事，继续着他的推理：

“……如果真像我推理的那样，三千子小姐当时已经身体不能动弹。当然，要是能喊出声或者能挣扎，应该有人察觉。

“但当时，三千子小姐多半处在嘴不能喊手脚不能动的状态。钢琴的后琴盖里，是一个难以被人发现的藏身之处。在那种场合，除把她藏在钢琴里外别无他法。

“歹徒的藏匿手段超出我的想象，简直令人发指。贵府由于没有会弹奏钢琴的人，所以没发现。看来，藏匿三千子的凶手是一个格外冷静的家伙。

“钢琴盖的内外应该留有歹徒的指纹。我刚才小心翼翼地检查了一通，结果白费功夫，狡猾的凶手将钢琴内外擦得干干净净。”

最初还一直半信半疑的山野夫人和清水纹三，听完明智小五郎详尽的解释后，脸色渐渐地变成了土色。

该失踪事件的性质明朗起来，至少是一起绑架案。

大家眼下最担心的，是山野三千子的命运究竟如何。

排查用人

山野夫人害怕说出这样的话，半晌没有吭声。可最终还是忍不住了，故意装作若无其事的样子问道："照这么看……你是说三千子小姐遭绑架了？还是，如果……更可怕的结果……"

"现在还不能说。但从目前的状况来看，不容乐观。"

"但是，假设歹徒把三千子小姐藏在这里，为什么又要把她运到室外呢？大白天，别墅里可以说是众目睽睽。到了晚上，所有的门窗紧闭，无论进还是出，都不可能逃过我们的视线。早晨正式开门前，门锁一次也没开过……"

"是的，我也是这样想的。请问，这里的玻璃窗插销，你每天早晨都检查吗？"

"是的，就这点来说，我丈夫特别小心谨慎，我也特别关照用人们注意窗插销开启和关闭……自从三千子小姐失踪以来，大家应该更注意了。”

明智小五郎听完山野夫人这番话，似乎察觉到了什么，急忙问道：“自从三千子小姐失踪后，别墅里有没有什么大行李被搬出去？正如刚才看到的钢琴那样，恐吓绑架三千子小姐的歹徒似乎是一个心理变态的家伙，想法和手法都非常离奇。在转移三千子小姐方面，那家伙说不定使用了最难以预料的手法，把三千子小姐藏在难以想象的货物里，或者伪装成出人意料的货物转移出去。”

山野夫人听了明智小五郎这番奇特的推理，稍吃了一惊。

“好了，像那么大的东西根本没搬出去过……”

“但是，如果三千子小姐已经不在别墅里，那么，歹徒肯定采用了不可思议的方法转移了。就这架钢琴刚才发现的情况来看，三千子小姐不可能按照自己的意愿离开别墅。”

说到这里，明智小五郎稍稍迟疑了一下。

“我想麻烦你一件事，能否将所有用人都喊到这里来？我准备向他们打听一下情况……”明智小五郎询问山野夫人。

“行，我去把他们喊来。”

说完，她立刻通知所有用人到客厅集合。

片刻，五个男女用人恭恭敬敬地站在门口，望着明智小五郎，脸上的表情显得很紧张。

用人中间，有两个人没来。侍女小松说头痛，独自一人待在女用人的卧室里休息。司机路屋君不在别墅里，于两三天前回家探亲去了。

明智小五郎把大家集中到一起询问。其实，他并不喜欢这样做，只是出于万般无奈。

在他看来，三千子小姐凶多吉少，没准已经成了一具尸体。

现在要急于弄明白的，是歹徒如何把尸体运出山野别墅。有必要向用人们打听，或许能得到点儿什么线索。

山野夫人则把明智小五郎介绍给用人们。当听说大侦探明智小五郎就在眼前时，大伙脸上紧张的表情立刻放松了许多。

接着，山野夫人又要求用人们对明智小五郎的提问实事求是地回答，不要有任何顾虑，有什么说什么。

明智小五郎用平稳的语调对大家说："山野家的小姐叫山野三千子，失踪已经好几天了。失踪那天是四月二日，请大家仔细回忆从那大开始来往别墅的人。"

说完，明智小五郎的目光首先转向负责看大门的寄宿生。

寄宿生山木君红着脸一个劲儿地回忆，列举着来访客人的姓名。

来访客人一共有十五六个，都是很早以前就与山野家有来往的人，没有半点儿可以怀疑的。

"那些客人中间，是否有人从别墅里搬走过什么大的货物？不光是来访客人，如果家人有过这种行为，也请照实说。总之，是否有过什么人把大的东西搬出别墅？"

明智小五郎进一步问大家。

"要说货物，最大的，充其量也就是手提包之类的。"

寄宿生不可思议地望着大侦探的脸答道。

“进进出出的车也应该不少，但车上也没有体积很大的东西。”

明智小五郎环视在场的其他用人，向他们提出同样的问题，但每个人的回答都相同。

“有从后门进出的人吗？”明智小五郎转过脸问两个女用人。

“我们厨房后门，只有一些熟悉的推销员上门推销商品。”

女用人的回答也跟其他人一样，看来没有人把体积大的东西搬出过别墅。

除这些答案外，什么有价值的线索也没有得到。司机助手也证实，他的车只有山野先生乘坐。不用说，也没有搬运过大的货物。

明智小五郎沉思片刻。

倘若这些雇来的用人说的都是事实，即近来别墅内没有大的货物运出去，那剩下的，只有展开地毯式的搜查。搜查范围是别墅里的所有房间和角落，包括天花板上的夹层以及廊子下边。

但是，山野家的人已经在别墅里寻找过了。

“看来，山野三千子是被人施用了魔法而在别墅里烟雾般消失了。但是，这世上有过这样突然销声匿迹的情况吗？答案就一个，当然是没有啦！

“看来，你们寻找的时候一定是有些地方疏忽了，或者没注意。像这架钢琴，你们就没有看。

“如果你们当时稍加注意，在歹徒还没有从钢琴里转移前也许就可发现三千子小姐。

“对于那些根本不可能或者经常见到的地方……那些平日里见惯的地方，是否忽视了？除了刚才说的以外，你们还有什么想补充的吗？

“例如，寄宿生没有说到邮递员进大门送邮件的情况。不用说，邮递员不可能把山野三千子带出去。像这样很平常的现象，你们是否忽略了？”

“另外，替换垃圾箱的环卫员来过吗？”清水纹三突然想到什么，插嘴问道。

“是的，是的，他说的情况有没有？”

“嗯，如果说环卫员……哎，阿君，我先说，你等一下补充！”

一名女用人转过脸望着另一名女用人，大声说。

“噢，正巧是三千子小姐失踪那天，区政府的环卫员一清早就上门替换垃圾箱。”

“是平时常来的那个人吗？有什么奇怪举止吗？”

“嗯，是不是常来的那个人，我没有注意看，只是替换垃圾箱的时间比平时早许多。过去，一直是十天替换一次垃圾箱。可那一次与那前面一次替换垃圾箱之间，只隔了两三天。”

“垃圾箱在厨房后门吗？”

“是的，放在后门内侧。”

“那环卫员是什么装束？”

明智小五郎的好奇心开始强烈起来。

“像平时那样，身着工作服……”

“那环卫员是从后门进来的吗？他上门替换垃圾箱的整个过程，你看见了吗？”

“没有，只是与他在门口擦肩而过。当时，我外出买东西……哎，阿君，你看见了吗？”

“我也没特别注意。是的，是的，现在回想起来，那天情况与平时不同。与上回替换垃圾箱之间仅隔了两三天，可垃圾箱里已经满了。那天早晨，我是在清扫员没来之前去丢垃圾的，察觉到垃圾箱与平时不同。”女用人阿君好像话里带有歉意。

“当时太忙了，也就把那奇怪情况忘了……”

“看来那垃圾箱很大吧？”

清水纹三变得兴奋起来，没等明智小五郎提问，忍不住在一旁插嘴。

此刻，他的眼前又浮现出那天夜里白色手臂的情形，猛然间一个奇特的想法出现在脑海里。

“是的，很大。”用人阿君说。

“人进得去吗？”

“嗯，进得去。”

明智小五郎点头后站起身来。

“好，请允许我去看垃圾箱。”

大家先后朝垃圾箱走去，就在后门内侧。

明智小五郎掀开垃圾箱盖，瞪大眼睛仔细观察。果然，垃圾箱特别大。可除此以外，没其他什么特别之处。

但由于垃圾箱大，往往让人产生某种联想。

明智小五郎转过脸望了一眼山野夫人，自言自语地嘟囔道：

“把人藏在垃圾箱里，再盖上垃圾箱盖掩护，化装成环卫员的歹徒，把垃圾箱搬到车上运到某个地方扔掉。

“乍听上去，我这样的推理可能很愚蠢，但歹徒说不准就采取了这样的作案手法。”

山野夫人默默地点点头。

“这起案件的作案手法，与普通犯罪根本不同，可以说是丧心病狂。有时歹徒采用的作案手法非常离奇古怪。”

明智小五郎说这番话时，似乎在表示一定将案犯绳之以法的决心。

和服商场

那天直到夜深，明智小五郎和清水纹三才一起离开山野别墅。

明智小五郎这天在山野家整整待了一天，还特地拜访了因头痛在用人卧室休息的侍女小松，了解到了许多情况。经过调查，他似乎略掌握了三千子失踪事件背后隐藏的秘密。

清水纹三靠在出租车的椅背上，望着明智小五郎的侧脸，问道："三千子小姐肯定被凶手杀害了。这是现在唯一的结论，是吧？"

"嗯……这，现在好像还不能断定。"

明智小五郎回答得很含糊，也不作任何结论，接着陷入沉思。清水纹三则不厌其烦地向他提问，明智小五郎就是闭口不答，流露出厌烦的表情。

当出租车行驶到赤坂菊水旅馆时，明智小五郎随即打开车门说了声："好，再见！"他俩就这样匆匆分手了。

此后的两天里，表面看上去什么也没发生，可明智小五郎的调查活动，始终没有停止。

清水纹三对该案也抱有浓厚兴趣，时而拜访山野家，时而去浅草公园和养源寺附近转悠，希望能捕捉到线索。但山野家里并没出现什么新情况。

可第三天，即四月七日晚上，银座著名的M百货大楼里发生了难以想象的怪事。山野三千子的下落不明是一起不可思议的案件，与通常的离家出走完全是两码事。这一点，已经越来越清楚了。

那天凌晨两点，年轻的值班营业员和保安员正在M百货商店三楼和服商场里巡逻。这家商店，每天晚上有几十名值班营业员和保安员在各层商场巡逻。

深夜的商店里非常寂静，几乎没有灯光，朦朦胧胧的。

商场的陈列货架上几乎都遮上了白布，犹如一排排棺材，简直无法与白天的热闹情景相比。

年轻的值班营业员特别注意货架的背后，一边检查一边在昏暗的走廊里转来转去。一根根又圆又粗的柱子，仿佛一个个五大三粗的打手站在那里。

手电光束在脚下移动。营业员为了壮胆，故意把脚步踩得很响，嘴里还吹着口哨。于是，从各个角落传出口哨和脚步的回声，反而更增添了恐怖的气氛。

最令人恐惧的，是伫立在山水图案绸布商场中央的女时装模特儿衣架。

与人的比例相同的女时装模特儿衣架，一共有三个，都身着春季流行装站在人造大樱树下。

营业员们分别给这些女时装模特儿衣架起了芳名，仿佛它们都是活着的人。

比如，春姑娘、绿姑娘、芳姑娘。像“绿姑娘的腰带”啦和“芳姑娘的和服”啦这些雅称，为顾客试穿时增添了心情舒畅的气氛。

这三个女时装模特儿衣架里，数绿姑娘最年轻也最漂亮。可这个被称为绿姑娘的女时装模特架，却有许多骇人听闻的传说。白天，绿姑娘忠实履行自己的职责，从不动弹，可到了晚上却自行移动。

有营业员反映说，晚上下班时看到的绿姑娘的位置，与早晨上班时看到的绿姑娘的位置完全不同。

营业员说话态度十分认真，其他营业员似乎觉得也是那样。

其实，这三个女时装模特儿衣架的穿着打扮都很得体，好像注入了生命那样栩栩如生。当夜间巡逻到绿姑娘时装模特儿衣架跟前时，会令人突然觉得它在朝着你微笑。

此刻，两个夜间值班员正站在这三个女时装模特儿衣架的跟前。由于灯光很远，模特儿衣架被照得朦朦胧胧的。

“停一下，停一下，那个儿童时装模特儿衣架是什么时候放的？”

保安员忽地停住脚步，朝背对着自己的营业员问道。

“什么？儿童时装模特儿衣架？没有那样的模特儿衣架呀！”营业员觉得莫名其妙，一口否定。

“不相信？你瞧，春姑娘和芳姑娘好像还手牵着手呢。”

保安员将手上的手电光束射向时装模特架。

尽管距离较远看不清楚，可绿姑娘的背后确实站着一个儿童。

营业员惊呆了，直愣愣地看着令他恐惧的情景。

咦！不管怎么想，那里根本不会有儿童时装模特儿衣架！

奇怪！这么一想，更是吓得魂不守舍了。

“快开灯！打开上面的大灯！”

营业员费了好大劲儿才克制住逃跑的念头，大声命令身边的保安员。

保安员慌慌张张地跑到开关那儿，由于手一直在哆嗦，一时竟按不到开关的确切位置。

营业员等不及了，将手电光束对准女时装模特儿衣架，提心吊胆地走到跟前，再绕着长长的陈列台转了一圈，发现三个时装模特儿衣架站立的范围变大了。

圆圆的手电光束在不停地颤抖，沿着地面逐渐向上移动，三个时装模特儿衣架、木栅栏、人造草坪、春姑娘的腿、绿姑娘的腿、芳姑娘的腿……相继出现。

营业员害怕弄清楚令他最担心的事实，赶紧将手电灯光移向别处。可最终，他还是鼓起勇气将手电光束照向那里。刹那间，他整个身体像被固定在地上那样怎么也动弹不了。瞧，被照亮的地方出现了不可思议的一幕。

头戴贝雷帽，身着黑色服装……模样酷似儿童，双手被左边的春姑娘和右边的芳姑娘牵着。

仔细观察，发现站在那里的不是儿童，大人般的脸上有大鼻子和大眼睛，脸颊上还有深深的皱纹。

是侏儒！大人的神情，儿童的个头，是彻头彻尾的侏儒！

时装模特

被暴露在手电光束里的侏儒，任凭光束从胸部朝上移动，全身依然一动不动。

那表情似乎在说，我是女时装模特儿衣架的伙伴。

他的眼神，奇怪得简直难以言喻。要是在大白天，女时装模特儿衣架和侏儒这样的组合，一定会逗得顾客和营业员开怀大笑。可眼下深更半夜的，加之紧盯着手电灯光的侏儒故作镇静，更令年轻营业员吓得魂不守舍了。

站着发愣的营业员，茫然不知所措，突然间恍然大悟，扯开嗓门声嘶力竭地大喊："喂，站在那里的是什么人？"

不料，在圆圆的手电光束里飘浮的奇怪上身猛地消失了。

"喂，站住！"

这时，天花板上的照明灯哗地全亮了，整个商场如同白昼。原来，保安员终于摸到开关接通了电源。

“那家伙溜到哪里去了？”

营业员迅速转了一圈，环视四周。

侏儒已经无影无踪了。

商场里纵横交错地排列着无数展台，所有展台都比侏儒高，很难猜测这家伙究竟逃向哪里。

“怎么啦？”

保安员跑到营业员跟前。

“嗯，商场里有怪物，你赶快拉响紧急铃让大家来这里集合！”

保安员一阵风似的跑了。

瞬间，尖叫的紧急铃声在百货大厦里响了起来。

“怎么回事？”

“出什么事啦？”

“看见什么啦？”

在其他楼层巡逻的营业员和保安员，大声叫着赶来这里。

紧接着，大搜索开始了。

所有楼层的照明灯都亮了，一楼大门的金属卷闸门被完全拉下。侏儒即便再有能耐，也不可能逃出去。

值夜班的营业员们纷纷把展台上的白色遮灰布扯掉，随后有的钻到展台下，有的钻到货架下面的橱门里查看，检查得非常仔细。

可结果，不但没找到侏儒，就连他的影子也没见到。

“奇怪！也许在我们进进出出的时候他在跟我们捉

迷藏？”

一名保安员歪着脑袋说。

于是，全体人员分成三组，第一组搜查从二楼到上面的楼梯，第二组搜查从二楼到下面的楼梯，第三组把守三楼的各个要道。

然而，就凭这么些人是很难搜遍八个楼层的各个角落的，尤其是寻找个头如此矮小的侏儒。

大家分头找遍了所有的地方，返回后再把守出入口，欲等到第二天开门营业。

按理说，行动灵活的侏儒应该在大家的视线范围里。营业员们的搜查结果是，没有物品被盗。

再说，窗和门都是紧紧关闭的，也没有人从外面进来。好在商品没有失窃，大家也就放心了。更重要的是，值班营业员和保安员皆可免去责任上的追究。

“侏儒什么的，也许是我们的幻觉所致，也许是一直觉得可怕而看花了眼。”有人这么说。

第二天早晨就要开门营业的时候，经理吩咐门口的保安员密切注视侏儒模样的顾客。

可那种模样的顾客，保安员根本就没有见着。

“瞧，肯定是看花了眼！深更半夜的，怎么会有那种人！”

就这样，昨夜发生的事被人们渐渐淡忘了。

可那天中午，三楼和服商场发生了出人意料的骚动。

陈列在人造大樱树下的三个女时装模特架周围，从早上开始就围着许多看热闹的人。正午时间刚过，人群前面有两个望着女时装模特衣架相互议论的中学生。

“喂，哥哥，这时装模特架怪兮兮的！虽很逼真，可如果仔细盯着看，就会觉得右手与左手的肤色有明显差别。看来，做时装模特衣架的人手艺不怎么样。”

“喂，别乱说没有根据的话！”哥哥小声指责弟弟。

“啊，提皮包的那只手，尽管肤色比较粗糙，可跟真正的人手一模一样。看来，手艺非常精湛。”

“那，两只手的肤色为什么不相同呢？制作手艺确实不错……可是，我还是觉得不怎么样。右手上还画有皮肤纹路呢！瞧，一条一条的。可左手呢，五个手指并成一团，根本就没画皮肤纹路。

“光溜溜的手……哦，右手上还有很细的汗毛……瞧那个，瞧那个，哥哥，那肯定是人的手！软绵绵的，是吧？咦！那枚戒指怎么嵌得那么深？我猜一定是……”

弟弟被自己意想不到的发现惊呆了，猛然间呼吸急促起来，歇斯底里地嚷道：“死人的手！”

喊声惊动了周围的顾客。此刻，他们正在观赏时装模特架身上的流行时装。于是，大家的视线立刻投向那里。

那是被称为最美丽的绿姑娘的右手，手臂没有被袖子完全遮住。

果然如此！仔细看，无论是肤色、皱纹和微细的汗毛，都像死人的手。

可大家还是半信半疑，偌大的商场怎么会出现这种怪事？

“哎，阿姨，那确实是人的手！”

弟弟拉住身边的一位妇女，告诉她自己的发现。

“别说这种叫人扫兴的话。这怎么可能！”

妇女皱了皱眉头，急忙否认弟弟的发现。尽管她嘴上这么说，但眼睛却紧盯着那只手，忽然探出上身瞪大两眼琢磨起来。

“这不可能！怎么可能呢……不过，你要想证实，不妨钻进护栏里摸一下那只手。”

身后站着一个妇女，带着嘲笑的口吻说。

“是啊，我进去核实一下！”

弟弟说完钻到护栏里，一溜烟儿跑到绿姑娘跟前。哥哥见状吃了一惊，赶紧伸手却没有拦住他。

说时迟那时快，弟弟的手一把抓住绿姑娘的右手。

“啊！是人的手臂！”

弟弟毫不费力地拽下绿姑娘的右手，高举着让大家看，还大声嚷嚷。黑压压的人群一看到是人的手后，都情不自禁地哇哇大叫，响声震天。

刚才还被和服袖子半遮掩的手臂，以肘为界分成两段，断开的地方呈暗红色，黏黏糊糊的。

比较指纹

M百货公司发生绿姑娘时装模特架事件后，那天下午，明智小五郎再次访问了山野别墅。

山野夫人来到门口迎接，请他到客厅。明智小五郎寒暄几句后，直截了当地说明来意。

“我想先了解三千子小姐的指纹，再查看一下她的房间。”

“行，请！”

山野夫人走在头里，把他领进三千子小姐的卧室。

书房和化妆室，已经与上次看到的情况完全两样，整理得井井有条。

三千子小姐的指纹，没费什么力气就找到了。

首先是书房桌上使用过的旧吸墨纸，上面有黑颜色的大拇指指纹。

化妆室里，梳妆台和化妆盒被擦得干干净净，虽说那上面没有找到指纹，但梳妆台的抽屉里有各种各样的化妆品瓶，里面都留有清晰的指纹。

“我想借用一下化妆品瓶，你能同意吗？”

“行，只要能派上用场，请尽管拿。”

明智小五郎从口袋里取出手帕，把借用的几个化妆品瓶小心翼翼地包起来。

回到客厅，明智小五郎把刚才的化妆品容器、吸墨纸和另外一张纸排列在桌上。

纸上有其他人的指纹，很清晰。

明智小五郎从袋里取出放大镜比较那上面的指纹，接着把放大镜放在桌上，脸转向山野夫人说：“大人，这纸上一共有五个手指的指纹。请你把这些指纹与小姐房间里的吸墨纸和化妆品瓶上的指纹比较一下。放大镜能放大指纹，即便外行也会比较。”

“啊！”

山野夫人脸色苍白，全身猛地颤抖。

“怎么，明智先生，你比较一下就行了……我不知何故感到害怕……”

“我已经仔细比较过了，这两种指纹完全相同。不过，我想夫人你也最好比较一下……”

“你说相同不就行了！我就是看，也不会明白……”

“是吗……那么，我就说一下比较的结果。夫人，你可别吓坏了哟！三千子小姐已经被杀害了。这上面的指纹，就是从小手臂的手上取下来的。”

山野夫人全身颤抖，眼看就要支撑不住了，费了好大的劲儿才算挺住。

她瞪大眼睛，哆哆嗦嗦地问明智小五郎：“那，那……小手臂到底是在哪里发现的？”

“是在银座M百货大厦的二楼和服商场里发现的。类似这样的事件，我很难用常识分析。那里的时装模特衣架的一条假手臂，昨晚居然被换成死人的手臂。告诉我这一消息的，是我的一位在那家百货大厦工作的朋友。我立即托他帮忙，取来了指纹。据说，那条手臂的手指上有一枚大红宝石戒指。遗憾的是，戒指和手臂都被送到警方那里了，不能拿来让你亲自过目。夫人，你能回忆一下吗？”

“是的，小姐手上确实戴有一枚大红宝石戒指。可她的小手臂怎么会出现在那么热闹的和服商场里？简直像噩梦那样难以置信。”

“我也希望它是梦，可确实是真事，没有半点儿虚假。再过一会儿，晚报、广播电台和电视台就会详细报道这一事件。警方已经把这起事件与三千子小姐失踪案联系在一起调查。对于贵府来说，也许今后还会出现许多难以理解的情况。”

“哦，明智君，我到底该怎么办呢？”

山野夫人热泪盈眶，几乎想抱住明智小五郎似的。

“眼下只有一条路，尽快抓获凶手，找到三千子小姐的尸体。案情发展到这一步，小姐已经不可能生还。目前，警方正全力展开侦查，也许很快就能破案。请问，你丈夫已经回家了吗？”

“回来了。丈夫接到我的电话，前天就赶回家了。因为，女儿三千子小姐是他的掌上明珠。

“我告诉他钢琴里发现了三千子小姐的头发和血迹，他也料定女儿不能生还，顿时像患了大病似的瘫倒在床上。

“不管什么人来访他一概不接待，独自一人闭门不出。他现在处于这种状态，我是否应该把你刚才说的情况告诉他？其实，我从一开始就在犯愁呢！”

“他听说了这消息后肯定悲痛和失望，可整天闭门不出不见任何人，是否有点儿太那个了……那么，能否让我见他一面？”

山野夫人似乎犹豫不决。

“嗯，刚才我跟丈夫说过您光临寒舍的事情，可是……因此，今天就别见了吧。”

“那好，今天就不见面了！不过，我想说说今天侦查到的一些情况。”

明智小五郎考虑了一下，说：

“首先介绍环卫员的失踪情况。就是他先把小姐尸体藏匿在垃圾箱随后带出别墅的。

“受理此案的第二天，我用了一天时间全力侦查，甚至去吾妻桥东侧向当地人和行人打听情况。根据他们的回忆，我了解到许多情况。不过后来不知怎么的，究竟是过桥了，还是沿着河岸去厩桥，或者是左转朝着业平桥，怎么也弄不清楚。

“刚才，我的一个部下到那里调查去了，现在还没有任何消息。”

明智小五郎说到这里停了一下，脸上浮现出微笑，接着说：

“还有一件事情，就是你家自备车的司机路屋君，好像是夫人你把他藏起来的。即便是小事，也应该彻底地说，否则反而让人产生疑心和错误的猜测。

“像现在这种场合，我觉得也情有可原……我马上详细调查了路屋君的情况。我了解到的情况，比你知道的还要详细。

“三千子小姐好像特别喜欢路屋君，就这一点来说，你应该察觉到了。可路屋君早就与侍女小松亲热上了。小松，就是那天早晨发现三千子小姐床上没有人的女子。

“侍女小松和路屋君之间，对于终身大事好像已经相互许愿。

“路屋君居然在三千子小姐下落不明的时候休假，回家乡去了。这里好像有什么特别意思。不用说，你丈夫也在关注这一奇怪现象。

“我和你丈夫一样，在寻找路屋君踪迹的时候，掌握了他四月二日以后的所有行动。路屋君在四月三日那天傍晚，突然获得你丈夫给的假期。

“他是独自一人乘坐那天傍晚的列车回家乡大阪的，但当时没有带上相好的女人一起走。对于这一情况，凡是看到过他的人都这么说。

“你丈夫会不会在大阪见到了路屋君？因此，请允许我拜见你的丈夫，问他一下这情况。路屋君与三千子小姐的失踪事件也许没有任何联系，不过，他好像知道一些什么。”

明智小五郎说完，两眼盯着山野夫人。

山野夫人脸色苍白，一直看着地面。从她的表情上，无法了解到什么。

“分析目前表面上出现的现象，其中最值得怀疑的是侍女小松。”

明智小五郎压低嗓音。

“三千子小姐跟路屋君亲热，对她来说无疑是不可饶恕的情敌。同时，像侍女那样的用人，任何时候都可自由进出三千子小姐的卧室，而且不受任何人怀疑。如今，三千子小姐下落不明，而这情况的第一发现者又凑巧是她。再说，从发现三千子小姐失踪到现在，她一直推托有病闭门不出。如果说她可疑，也确实可疑。”

“不，三千子小姐的失踪事件，绝不可能是她造成的。”

山野夫人慌忙打断明智小五郎的话。

“是啊，听说侍女小松是一个很值得同情的姑娘。幼年时就死了双亲，后又被狠毒的叔叔当作商品卖到一个可怕的地方。你丈夫听到这一消息，赶紧将她从火海里救出。

“打那以后的四年里，你丈夫把她当作女儿收养。她本人感激涕零，常常说为了你丈夫可以不惜生命。就这样，她忠心耿耿地在你家干到现在。”

“应该说，她是一个善良的姑娘，不管遇上什么都不让三千子小姐为难，所有的困难自己担着。”

“是那样吧！我也没想到小松是那么好的姑娘。”

明智小五郎用手指梳理着蓬乱的头发，继续说道：

“从表面来看，对她非常不利，我是这样判断的。但是，我清楚侍女小松没有犯罪。只是可以这么说，她清楚这起事件。

“前天，我去她卧室询问情况。可躺在床上的她，不仅一问三不知，甚至不敢正视我一眼。

“我一个劲儿地追问，她居然用哭来打发我，简直难以对付。看她那模样，我可以断定她知道事件背后的秘密。”

说完，明智小五郎紧盯着山野夫人苍白的脸，不放过她脸上任何细微的表情变化。

油纸包裹

窒息般的沉默持续了好一会儿。

明智小五郎忽然改变语调，继续说道：

“还有，这起事件好像与一个怪男子有关。这是一个矮个头的男子，称为侏儒……这么一个问题，夫人，你可以回答吗？

“我想你大概已经听说过，清水君曾在前几天的一个深夜里亲眼见过侏儒。在M百货大楼和服商场里发生的事件，肯定与那个侏儒有关。

“昨天深夜，这家伙出现在女时装模特衣架边，被值夜班的营业员和保安员发现了。”

“哦，你是说侏儒吗？”山野夫人露出受到惊吓的模样。

“我的确从清水君那里听说过侏儒的事。可当时我并不怎么在意，还以为那是他的幻觉所致。怎么，果真有那样的人？”

山野夫人惊魂未定地晃了一下脑袋。

“不，我不清楚。小时候，我在魔术表演棚里见过那样的魔术演员……那以后，没有再见过侏儒。”

“是吗？”

明智小五郎注视着夫人的眼睛说：“有关侏儒，还有奇怪的现象。清水君说他确实见到侏儒走进养源寺。可养源寺及其附近的人，都一口咬定没见过那样的人。这一回在和服商场里发生的事件，情况又是相同。”

明智小五郎似乎在等待山野夫人脸上出现什么变化，不停地用眼扫视，慢吞吞地往下说：

“值班营业员尽管见到了侏儒，可事件发生的前一天和事件发生的第二天，都没见过那模样的男子从入口通过。

“不用说，窗户上根本没有被砸坏的痕迹。那家伙无论什么时候都能像空气那样消失得无影无踪……我觉得，问题的关键似乎就在这里。

“这几起事件最不可思议的……这一点，也许夫人还没有察觉，那就是凶手在当众显示和炫耀自己高超的犯罪技能。

“无论是清水君看到的情况，还是千住水沟里发现的一条腿(也许会把这些现象列为其他事件处理)，或者是最近发生的和服商场事件，都是如此。

“这一切显然是凶手本人把自己怪异残暴的杀人事实，告诉世人。

“就和服商场发生的模特衣架事件来说，人们发现小手臂的手指上戴有一枚红宝石戒指。凶手的用意非常清楚，是为了向众人表明那是山野三千子的手。

“凶手为何要暴露自己行凶作案？凶手的这一奇怪举止，使常人无法想象。只要不是傻瓜……不，即便再傻的人，也不可能那么肆无忌惮。

“凶手并没暴露自己的真实面目，只是把死人的小手臂装在时装模特架的肘部……从这几起事件来看，凶手不是傻瓜，更不是心理变态。

“经过这样的分析，表面看上去傻乎乎的凶手，其实背后隐藏着很深的阴谋。夫人，我这样分析大概没错吧？”

说到这里，明智小五郎又停下来，盯着山野夫人。

山野夫人感觉到了明智小五郎的锐利目光，一时忘了说附和的话。她仍然低着脑袋，或许是害怕和紧张的缘故，浑身哆嗦，连话也不会说了。

“如果这是有计划有预谋的犯罪，也许还有另一层意思。那就是说，案犯是另一个什么人，而在众人面前显示三千子小姐手臂的家伙，不是真正的案犯。他仅仅是采用这样的恐怖手段，威胁隐藏在某处的真正案犯。那家伙因为有这样的目的，才使用这样的非常手段。怎么，你是这样分析的吗？”

山野夫人猛地抬起头来，与明智小五郎相互对视，可两个人都没说话。这两道在空中交织的视线犹如X光射线，两个人仿佛都看透了对方在想些什么。

接下来的一瞬间，山野夫人趴在桌上激动地哭了。她想控制自己，可最终还是没能控制住，抽泣声划破了房间里的空气。

这时门开了，寄宿生走了进来。当他看到这不寻常的场面时，欲退出门外，可好像想起了什么，径直走到桌子跟前，僵着脸，嘴唇哆嗦，似乎很激动。

“夫人！”他弯下腰提心吊胆地喊山野夫人。

“有人送来一个可怕的东西。”

山野夫人止住泪水抬起头来。

“刚才，有人送来这样的小包裹。”

寄宿生把手上拿着的瘦长的小木箱放在桌上，朝明智小五郎瞥了一眼。

这是一只很粗糙的小木箱，钉有许多铁钉。也许是被寄宿生撬开的，木盖已经有一半离开箱体，裸露出裹着什么东西的油纸。

“这只小包裹，是今天下午与信件一起送来的。我没有在意，跟往常一样把盖打开了。可是……”

寄宿生只说了这么几句便朝后猛退了两三步，不再说话了。

“可是什么……”明智小五郎在一旁问道。

寄宿生似乎从明智小五郎那里得到了勇气，缓过神后快言快语地朝明智小五郎说了起来。

“因为没有寄包裹人的姓名，我觉得奇怪。山野家有这么一个习惯，只要是小包裹和书籍，都必须拆开外包装，把里面的东西送到山野先生那里就行了。于是我就拆了。可是，我万万没有想到里面装的竟是这样的东西……我本来打算立即去报告给山野先生，可他正在卧室休息，再说他又有病，我不忍心让他看这样的东西……凑巧明智先生你在这里，我就赶紧拿来了。”

明智小五郎听着寄宿生的解释，打开箱子取出用油纸包裹着的东西。

当拆开好几层油纸时，一股无法忍受的刺鼻气味直钻鼻孔，随之出现的是一条已经变成茶色的人的手臂。

这是从肘部砍下的手臂，砍断的地方沾有许多变黑了的血。

“喂，你快把夫人扶到那边去，最好别让她看这个。”

明智小五郎敏捷地用油纸把手臂裹好塞到木箱里，大声命令寄宿生。

但夫人已经什么都看在眼里了，只见她摇摇晃晃地站起身来，毫无表情地望着天花板。

“啊，这可不行！夫人，打起精神来！”

明智小五郎从身后抱住山野夫人的身体，山野夫人则有气无力地靠在明智小五郎的手臂上。

明智小五郎把山野夫人扶到别的房间后，又返回客厅重新打开油纸包取出里面的东西。

一眼就能看出这是年轻女人的小手臂，与和服商场出现的那条右小手臂相反，是左手的手臂。

很明显，这是从同一具尸体上砍下的。

明智小五郎取下放在架上的墨水瓶，在那条小手臂的手指上涂了墨，随后小心翼翼地把五个指纹印在纸上。

接着，他解开刚才的手帕，取出三千子小姐的化妆品容器，用放大镜比较残留在那里的指纹和刚才涂墨印在纸上的指纹。

“果然是这么回事。”

明智小五郎叹了口气，喃喃自语。

小木箱里的手臂，是山野三千子尸体上的。

明智小五郎核实完毕似乎想起什么，再次上楼去了三千子小姐的卧室。

接着不知为什么他又返回客厅，见那个寄宿生正站在那里等他。

“我是来传达夫人口信的。她说今天不能再拜见您了。如果您调查完了，就请先回去。实在对不起，她不能来送您。还有，向警方报案一事也委托您代办手续。”

“是吗？我知道了。请转告她，不必担心。可我要稍稍打扰一下，能否拜见一下你家主人山野先生？”

“哦，那……山野先生只要一听到有关三千子小姐的事情，情绪就会变得异常激动。夫人吩咐过，不要将三千子小姐的情况告诉山野先生……她还特意关照，尽可能不让你面见山野先生。”

“是吗？那好，我这就回去。这箱子请你重点保管。在警方没来之前，尽量不要碰它。”

明智小五郎小心翼翼地拿着装有化妆品的小包裹站起来，寄宿生和另一个侍女阿雪为明智小五郎带路，朝玄关走去。

在昏暗的走廊上，阿雪突然停住脚步，悄悄递给明智小五郎一张小纸条。

明智小五郎没有吱声，若无其事地握住纸条，敏捷地塞入口袋。

神社相会

明智小五郎回去后，山野夫人像突然患了重病那样闭门不出，独自待在自己的卧室里。

油纸包裹里的小手臂，在精神上给了她沉重打击，使她整天失魂落魄，怎么也恢复不过来。

侍女阿雪不由得担心起来，不时地去房间里观察情况。山野夫人一声不吭，那模样好像在思考什么。

晚上七点刚过，山野夫人做起了出门准备，接着走进丈夫卧室。

山野大五郎正仰卧在被子上，呆若木鸡地望着天花板。

“好一点儿了吗？快吃药。”

山野夫人取过枕边盘子里放的药，一边劝丈夫喝药一边观察他的脸色。

“我打算去一下本乡，行吗？”她不好意思地说。

本乡那里有山野夫人的叔叔。对于失去双亲的她来说，叔叔是她唯一的亲人。

“是不是去跟叔叔商量这次发生的事情？”

山野大五郎满脸胡子拉碴，病病歪歪地望着山野夫人。仅两三天的时间，他好像瘦了一圈，面容憔悴，唯目光有神。

“是的，就请允许我去一个小时。”

“行，当然行。不过，已经是晚上了，一路上要小心。”

山野大五郎好像在思考什么，心不在焉地说道。

“那么，我去一下就回来。”

山野夫人站起身来，突然察觉到地上有一张摊开的晚报。

糟糕！怪我太大意了！今天接连发生了好些事，以致忘了关照寄宿生别拿晚报给丈夫看。

山野夫人一脸尴尬的表情。

晚报的社会版面上印有大标题，报道了银座M百货大厦发生的怪事。不用说，那篇报道没有涉及山野三千子失踪的事件。

但是，山野大五郎可能已经看过。山野夫人不由得担心起来，丈夫看了后肯定会联想起什么。

她观察了丈夫好一会儿。山野大五郎侧着脸，仍然直愣愣地望着天花板。从他表情里，看不出他察觉到了什么。

是的，丈夫多半在想，百货大厦发生的怪事，与三千子小姐的命运是否有关。

山野夫人稳定了一下自己的情绪，随即仔细地折叠好晚报放到旁边，悄悄地出去了。

在玄关，阿雪已经准备好出门的鞋子，正等着山野夫人。

“我去本乡。”山野夫人说出具体目的地。

“夫人，已经很晚了，带上山本君一起去好吗？”阿雪担心地说。

“没关系，我坐出租车去。”

山野夫人说完，独自一人出门了。

门外是一眼望不到底的围墙，没有行人，微弱的路灯灯光照得人行道上模模糊糊的。山野夫人站在门外的人行道上思考了片刻，随后走了起来。奇怪的是，她没有朝有出租车来往的大路上走，而是朝着相反方向行走。

那一带非常冷清。她来到拐角处朝后打量，确认没有“尾巴”后稍加快脚步。她所走的，都是光线昏暗的路。

走了两三百米，来到隅田川寂静的河堤上。河对岸住宅都亮着灯，一眼望去，犹如灯光闪烁的舞台背景。漆黑宽阔的河上，两三艘船缓慢地行驶着，闪烁着暗红色的煤油灯光。她沿下坡道离开河堤，来到三围神社境内。

这时，她似乎更仔细了。尽管格外谨慎，可身后不远的地方还是有“尾巴”。遗憾的是，她一点儿也没察觉。

跟踪者便是她的侍女阿雪。她比主人还要细心，蹑手蹑脚地跟踪山野夫人。

三围神社境内静得犹如墓地，黑暗中有几座墓碑沐浴着远处的路灯灯光，光秃秃地伫立着。

山野夫人在墓碑之间摸黑穿行，走到一座最显眼的大墓碑跟前，好像在等什么人似的伫立在那里。

“是夫人吗？”

从墓碑背后闪出一个人影，小声问道。

这男子把鸭舌帽帽檐压在眉毛上，鼻梁上架着眼镜，玻璃镜片在路灯的照射下反着光。

“是的。”夫人轻声回答，声音颤抖。

“我没有撒谎吧！说到做到了。”

遮掩上半边脸的男子拄着粗拐杖，窥视山野夫人的脸。

“我是豁出命干的。不管怎么样，我会做得非常彻底。夫人如果还有吩咐，我会继续干。好了，请说说你的意见。还有，你能否答应我的要求？”

“现在还不行，要是被别人发现可就麻烦了。再说，明智小五郎已经接受我的委托侦破这起案件。他不管侦查什么案件，一定要查到水落石出为止。”

山野夫人战战兢兢地说。

“噢，你是说明智小五郎？哼，那男人我从来就不怕！夫人，事情发展到现在这种地步，都是你一手造成的。你不是一直轻视我吗？

“我以为光嘴上说不起作用，所以落实到行动上。这时候哭有什么用？所有秘密都在我的手里，不必那么提心吊胆的。”

怪男子吹毛求疵地说了一通。

“可你把这事弄得满城风雨，我已经无路可走了。”

“没有那回事。虽说山野三千子被害已经都知道了，可没

有人知道是谁杀的以及她的尸体藏在哪里。警察也好，外行侦探也好，不管是谁，也不管他怎么寻找，都不可能有人知道，你用不着担心。”

奇怪的对话，被躲在墓碑后的阿雪全听到了。

怪男子继续压低嗓音说：“因此，你应该放心。只要我守口如瓶，什么事情也不会发生。今天晚上，你是找什么借口出来的？”

“我说去本乡……”

“啊，那是你叔叔居住的地方。好了，今天可以再多待一会儿。河堤上有一辆出租车，我让司机在那里等候。走吧，和我一起去！别哆哆嗦嗦个没完！

“如果你不愿意，就有可能发生你我都不愿看到的后果。到那时，我什么都说，什么都交代。那样的话，我被问罪，你也身败名裂，无法在这世上生存。”

“嗨，真没想到你这么狠毒，表面装得可怜巴巴的，似乎生活在被遗忘的世界里，可居然翻脸不认人，简直是一个恶魔。”

山野夫人叹了一口气。

“嘻嘻嘻……你怎么现在才发觉？”

“我已经无路可走，为了请你保密，不管牺牲什么，我都在所不惜。”

“嘻嘻嘻……你既然这么明白，早说不就得了。”

怪男子压低嗓门笑了。紧接着，两个人走出神社区域朝河堤走去。

山野夫人万念俱灰，乖乖地跟着走了。

距离三围神社五十米左右的上游河堤那里，有唯一的一幢破旧建筑，里面没有住人。房子背后停有一辆轿车，没有打开夜间照明灯。

要是不仔细看，察觉不到那里有车。

怪男子一到那里，便招手向山野夫人示意让她快过去，随后把她推上后排座位，轻轻对司机说了几句后，自己也坐到后排座位上。

车飞也似的驶向没有行人的河堤公路，沿河堤朝吾妻桥方向奔驰。

吐露心声

阿雪在墓碑后目送轿车远去，后悔极了，只能眼睁睁地看着目标消失。接下来，除返回别墅外没有其他办法可想。

但是，自己应该把刚才的情况分成两个部分报告明智小五郎。

一是怪男子与山野夫人乘坐的轿车牌号是二九三六；二是怪男子的体形和声音。

是啊，那模样和声音自己好像在哪里见过和听过。留给她印象最深的，是可疑男子的走路特征。

他是谁？到底是谁呢？

阿雪极力回忆，可脑子里还是模糊一片。

啊，想起来了，是他，是他。

阿雪忽然想起那个人来。

然而，怎么会是他呢……

由于大大出乎阿雪的意料，使她一时无法认定这一现实。可根据瘸腿走路姿势、肩膀形状和拄拐杖的姿势分析，又不得不怀疑是那个人。

为了赶快用电话报告明智小五郎，阿雪飞也似的奔跑起来。

这时，怪男子和山野夫人乘坐的轿车，沿夜幕下的道路一连转了好几个弯，最后停在一条宁静的路上。

“好，到了！”怪男子催促山野夫人下车。

山野夫人环视周围，似乎这里是从未来过的街道。虽说车没驶多少路，可这一带像近郊那样冷冷清清的。

怪男子拄着拐杖，走起路来像拖着腿走，可速度比想象的要快。山野夫人没有吭声，无可奈何地跟在他身后。

沿着狭窄的小路转了好几道弯，走了大约三百米后，来到一长排小房子的其中一幢，怪男子钻进门里推开玻璃门。

山野夫人跟着走进房间。

怪男子十分狡猾，为了不让司机知道自己的住所，在离他家三百米远的地方下了车。侍女阿雪虽说记住了车牌号，可能也起不了什么作用。

在漆黑的夜晚中，把跟踪焦点聚集在山野夫人夜幕下的行动上的，除阿雪外还有一个人。

就在怪男子和山野夫人下车后走进昏暗巷子里的时候，坐在副驾驶席上的男子也直起上身，脱去披风下车了。

“好，谢谢你！赏金不多，只能表我的谢意。请代我谢谢你的助手。”

男子递给司机一张纸币说。

借助车灯光仔细打量这张男子的脸，原来，他是清水纹三。

在怪男子和山野夫人上车前，他灵机一动，穿上司机助手的外套，代替助手坐到副驾驶席上跟踪。

这时，怪男子和山野夫人拐入巷子后朝前走了大约五十米。清水纹三赶紧踮起脚尖追了上去，看清楚了他俩走进那幢小住宅门里的情景。

清水纹三在门前监视动静已经很长时间了，抱着对山野夫人的怀疑，打算靠自己的力量解开这一秘密。

怪男子把山野夫人带到家中究竟想干什么？他越分析越觉得这里面大有文章。

这幢住宅边上有一条死胡同，幸亏胡同底就是这幢住宅房子的后门，因此，只要守住大门，他俩不可能从自己的眼皮底下逃之夭夭。

清水纹三为自己模仿侦探埋伏在这里而感到一阵喜悦，心想自己也许能赶在明智小五郎之前将这起案件的秘密公布于天下。

想到这里，心里不时地涌动着从没有过的兴奋。

那么，进入住宅的怪男子和山野夫人到底在干什么？

怪男子一走进玄关，立即上楼梯去二楼。脚瘸的他，像儿童那样双手扶着栏杆一级一级往上走，形同在围墙上爬行的螃蟹。

山野夫人站在楼梯下望着，见怪男子完全上了二楼才沿楼梯上去。

二楼只有两个房间，一个房间约十平方米，另一个房间约七平方米。怪男子走进那个稍大的房间，立刻关上移门。

“哎，你那里有坐垫，请坐下。”

怪男子一边嘿嘿奸笑，一边自己也准备坐下。可由于脚不灵活，加上弯曲时非常困难，费了好一会儿才算坐下。

“这里没有其他人吧？”

山野夫人坐在角落里蜷缩着身体，轻声问道。

“我雇用了一个耳聋的老妈妈，实际上跟聋子差不多，我们就是说话声稍稍大点儿，她也听不见。”

怪男子说完，摘下压住眉毛的鸭舌帽，露出一头蓬乱的短发。奇怪的是，这家伙一摘下帽子，脸形就彻底变了。

“咦！”山野夫人惊讶地瞪大眼睛。

“哈哈哈……是这个吧？”怪男子在脑袋上抓来抓去。

“这是假发！看上去，脸完全变了吧！吓，这么一个小小变化就把你吓坏了？哈哈哈……还早着呢！接下来还有你意想不到的变化。嘿嘿……”

怪男子耸了一下鼻子，弓起难看的皱纹，发出阴险的笑声，接着摘下面具，露出他的真实面目。

“你到底是谁？怎么跟我认识的那个人不一样？是谁？你是谁？”

山野夫人朝角落里连连后退，大声惊叫。

“夫人想知道我是谁吗？那好，我现在就告诉你。”

这个横着坐在榻榻米上的怪男子像跳起来似的飞身站起，把手放在电灯开关上，随着咔嚓一声响，房间里顿时漆黑一片。

山野夫人龟缩在黑暗的房间里，瞪大眼睛紧盯着怪男子，准备竭尽全力对付他。在她看来，守住这起事件的秘密比什么都重要。为了保住秘密，她不管付出什么代价都在所不惜。

为此，她跟着掌握自己秘密的怪男子来到这里。

他到底会提出什么要求？眼下，只得任由他开口了。

山野夫人此刻心里很清楚，目前这种场合，是万万不能冒犯怪男子的。一旦触怒了他，这家伙就会不顾一切地向社会公布这起事件的秘密。

其实，他已经开始这样做了。那个被雇用的不明身份的侏儒，把三千子的手臂和腿公之于众，目的就是引起警方注意。

对怪男子的这一令人讨厌的性格，山野夫人可谓了如指掌。倘若这家伙再暴露一些这起案件的秘密，山野大五郎的家族就会被毁灭。

想到这里，山野夫人下决心了，就是再可怕也要百般忍耐。可当电灯突然熄灭在漆黑房间里与怪男子面对面时，一种难以言喻的恐惧感犹如电流传遍全身，她禁不住打起了哆嗦。

怪男子不知在干什么，没有说话，只是传出粗粗的喘气声，与咔嗒咔嗒的声音交织在一起。

“为什么关灯？”山野夫人故作镇静，大声问道。

“嘿嘿嘿……这个嘛，是为了不让你感到害怕。因为，你一旦在明亮的灯光下看见我的真实面目，也许会倒地昏死过去。”

说完，一阵令人毛骨悚然的笑声在漆黑的房间里回响。

“你说什么？”

山野夫人惊讶地将身体朝前挪了一下，突然觉得一个黑色物体与自己之间的距离很近，蠕动着朝自己爬来。

“夫人，请摸一下我的身体。”黑暗里，怪男子用命令的口气说。

山野夫人胆战心惊地朝怪男子那里伸出手，从肩膀上渐渐往下摸，当触及他的腿时猛地把手抽回。

“嘿嘿嘿……明白了吧？”怪男子放开嗓门笑着说。

“你……你……”山野夫人的呼吸急促起来。

“是的，我是侏儒……”怪男子冷冰冰地答道。

山野夫人惊恐万分，连话也不会说了。

其实，黑暗中的怪男子正是矮脚侏儒，脸与山野夫人的一般大，个头一般高，可他是站着的，而山野夫人则是坐着的。

也不知什么时候，他在黑暗里居然变成儿童个头的侏儒。

这时，山野夫人全明白了。怪男子为掩盖自己的真实面目，使用假发套和眼镜等化装道具。今天晚上，怪男子将自己化装成瘸腿男子。

原来，怪男子平日里的模样，都是化装的。而他的真实面目就是侏儒，也就是眼前这般模样。

清水纹三从浅草公园开始跟踪的，是侏儒；深夜在M百货大厦和服商场神出鬼没的，也是侏儒……无疑，都是同一个侏儒。

山野夫人一直以为侏儒是受怪男子支配，作为威胁自己的筹码，可做梦也没想到，怪男子其实就是侏儒。唉，只怪自己粗心大意！

“你到底为什么要这么做？”山野夫人声嘶力竭地问道。

“嘻嘻嘻……那是因为我这畸形的身体，受到来自无忧无虑生活在世上的人们的歧视。而我呢，又不得不接受这样的命运的捉弄。

“你们山野家的秘密泄露到我的耳朵里，对我来说正是一个改变命运的契机。我要把你家的秘密变成专利，永远捉弄有钱人山野一家。

“光敲诈你们家的钱财，这还不是我的最终目的。我要把我的畸形身体，包括我的畸形的心，永远附在你们的身上。”

侏儒阴阳怪气的声音，像幽灵那样在黑暗中飘荡。

风雨飘摇

清水纹三忍受着寒冷，伫立在巷子口已经监视了很长时间。

还没有到深夜，可周围已经又暗又静，简直令人不寒而栗。这一带住宅既没有灯光也没有声音，仿佛人去楼空的住宅街。

清水纹三像壁虎那样紧贴着围墙，瞪大眼睛注视着山野夫人进去的那幢住宅。他猜测山野夫人可能去了二楼房间，便侧耳注意是否有说话声。但防雨窗和窗户关得紧紧的，灯光被严严实实地堵在房间里。

跟山野夫人在一起的那个怪男子，究竟是什么人？

他思考着，找不到任何使自己满意的答案，可隐隐约约又觉得好像在哪里见过，但就是回忆不起来。看来，怪男子一定是抓住了山野夫人的弱点，好像是在威胁她。说不定，这时候正在恐吓她。

想到这里，清水纹三不由得焦急起来，但考虑再三觉得还是等等再说。

这时候，从二楼窗户传出女人的悲鸣声。

清水纹三再也忍不住了，钻进大门，动作粗野地拉开玻璃移门。

“打扰了！”

没有反应，住宅里出奇的安静。

“屋里有人吗？”他大着嗓门一连喊了两三遍，还是没有人回答。焦急的他，顾不上想那么多了，一把拉开移门，可还是没有回音，也没有人出来迎接自己。

于是，他紧接着又拉开里间的移门朝里窥视，也没有人。

他脱下鞋子大胆朝里走去，可由于慌里慌张的，没有注意玄关那里的山野夫人的鞋子。当他闯入客厅再拉开与里间的移门时，竟发现那里坐着一个睡眼惺忪满脸惊愕的老妇人。

“喂，你是谁？找谁呀？我不认识你！”

“哦，对不起，我喊了好几声啦，没有回音，我就……请问，山野夫人在你们家吗？家里有急事，我是来接她回家的。”

“对不起，主人不在家。”老妇人好像耳聋，答非所问。

清水纹三不耐烦了，随意拉开里面的门和隔断移门，寻找山野夫人。但一楼除了刚才的房间外只有厨房，厨房里也没有山野夫人。

他不理睬老妇人的劝阻，径直上了二楼。在上楼梯的过程中，还摆出防止遭到偷袭的架势。可奇怪的是，上楼非常顺利。

二楼房间只有两个，十平方米左右的房间里亮着灯，里面整整齐齐的，不像有人待过。

“奇怪！”清水纹三站在房间中央直犯嘀咕。

“你太目中无人了！怎么可以随便进入别人的房间……我不是说过，主人不在家，可你偏偏……”

老妇人上到二楼，毫不客气地数落清水纹三。

“可是，我确实见到她上你家二楼了。奇怪呀！老人家，你撒谎！”

清水纹三说完，旁若无人地将两扇壁橱门相继打开。结果，还是没有见到山野夫人的影子。

嘿，真是怪事！自己没离开过巷口，一直瞪大双眼监视前门和后门，可山野夫人怎么会突然不见了呢？如果她出去，无论走前门还是后门，都不可能逃过我的视线。

即便听见我进屋的声音，也不可能立刻从后门逃走。这从时间上也是不允许的。看来，他俩是像烟雾那样从这里消失了。然而，这可能吗？

清水纹三像被灌了迷魂汤那样，恍惚起来。他思考了片刻，是啊！在这起案件里，像这样神出鬼没的现象已经重复过多次。

山野三千子也是在房间里不翼而飞的。上次，自己跟踪的那个侏儒，一进入养源寺住宅内便销声匿迹了。还有，M百货大厦深夜出现的侏儒，也是像烟雾那样消失了。

现在，山野夫人和怪男子又不见了。

清水纹三神色木然地站在房间中央，歪着脑袋思索。

“喂，快出去！”老妇人发怒了，大声吼叫。

“实在对不起！”清水纹三尴尬地搔了搔头发，走下楼梯，来到门外。

最近，我的大脑到底怎么啦？也许太热衷于侦探什么的，使大脑变成了这般模样……也许，这起案件的罪犯运用了非同一般的魔法。

他像做了噩梦那样，脑子里乱哄哄的。

第二天早晨，他装做什么也没有发生的模样拜访山野家。或许是心理作用的缘故，他觉得山野别墅与以往不同，似乎什么部位有过变动。

院子大门里的碎石路上掉有垃圾，玄关那里积有灰尘，二楼的防雨窗只打开一半。总之，所有一切都显得凄凉和凌乱。

出门迎接自己的寄宿生山木君也是脸色苍白，无精打采的。看来，山野夫人可能失踪了。清水纹三不由得忐忑不安起来。

“夫人呢？”清水纹三朝里窥视，嘴里小声问道。

“不在。”他吓了一跳。

“什么？是什么时候不在家的？”

山木君脸上露出不可思议的表情，望着清水纹三。

“是昨天晚上出去后就没有回家吧？”

“不是的，刚才出门去明智小五郎那里了。”

“哦，是去明智小五郎那里了。那，昨天晚上她没出门吗？”

“昨晚去了本乡亲戚家。”

“什么时候回家的？”

“九点左右。”

寄宿生的脸上露出不耐烦的表情，似乎在说，这客人莫名其妙。

如果说她是九点回来的，自己那时还站在昏暗的巷口监控。清水纹三越回忆越觉得脑瓜子变得迷迷糊糊的。

山野夫人在自己的监视下，怎么可能金蝉脱壳？按理说，寄宿生说的情况绝对不可能发生。看来，自己的大脑从昨晚开始就出现了恍惚，或者说从一开始到现在都像在做梦。

清水纹三觉得有必要先见一下山野夫人。

“那，山野夫人是在明智小五郎那里吗？”

“是的，她刚去那里。”

“她出门后，家里发生过什么吗？”

清水纹三正准备回家，猛然间好像察觉到有什么变化，急忙问道。

“没发生什么。”

“山野先生的病情怎么样？”

“看上去情况不好，发高烧。从今天早晨开始，医院来了护士，家里显得乱糟糟的。侍女小松昨晚说去医生那里，可到现在还没有回来。”

“叫小松的侍女，是不是借故头痛在房间里休息的那个？”

“是的，我们打电话到医院和她熟悉的人那里，还外出寻找，可直到现在，还是下落不明。今天清早，来了许多刑事侦查警官，夫人忙得不可开交。”

“警方找到什么线索了吗？”

“没有，什么线索也没有。明智小五郎把包裹里的手臂情况报告了警方，于是警方来这里调查。

“M百货大厦发生的手臂事件已经满城风雨，警方发现那起事件与三千子小姐失踪有关，正式成立了侦破小组立案侦查。

“这么一来，使得一直蒙在鼓里的山野先生病情加重。看来，山野家就要完蛋了。我们这些人，昨晚都失眠了。”

山木君紧锁着眉头，仿佛已经看到山野家走向没落，啰里啰唆地说了一大堆。

清水纹三听完立刻离开山野家，朝明智小五郎寄宿的赤坂菊水旅馆赶去。

罗列证据

清水纹三的脑海里仿佛出现了接踵而来的旋涡，许多事件交织在一起。

可疑人物一天天增多：

一、侏儒；

二、山野三千子失踪后获准回家的司机路屋君；

三、昨晚出现的怪男子；

四、昨晚失踪的侍女小松；

五、举止可疑的山野夫人。

昨晚看到的情况绝对不是自己做梦，可见山野夫人在本案中扮演着特别角色，这是不容置疑的。

朝坏的方面想，山野三千子不是山野夫人的亲生女儿，使得山野夫人千方百计对山野三千子下毒手。

但仔细思考过后，该观点也有站不住脚的地方。倘若山野夫人确实有这样的动机，从一开始就不会委托明智小五郎侦破此案。

昨天晚上，她的行动十分可疑，可今天一清早又去拜访明智小五郎，分析这两个现象，似乎很不合乎逻辑。

清水纹三反复思索，不断否定，不断肯定……不知不觉，出租车到达了目的地赤坂菊水旅馆。

在服务台向导的带领下，他走进明智小五郎的房间，可房间里只有明智小五郎，没有山野夫人的影子。

“明智先生，山野夫人没来你这里吗？”

清水纹三一坐到椅子上就迫不及待地问。

“她刚走，你要是早来一步大概就能碰上。”

明智小五郎笑嘻嘻地迎接清水纹三。

“是吗？我是匆匆赶来的，可是……是啊，那后来有什么新线索吗？”。

清水纹三微笑着说。这时的他由于昨晚经历过冒险，显得有点儿骄傲。尤其像他这样的外行业余侦探，已经掌握和刺探到了重大秘密，难怪他喜形于色。

相比之下，被称为神探的明智小五郎却什么线索也没发现，竟然还无忧无虑地嬉笑。对此，清水纹三反倒显得飘飘然起来。

“不，还没有新的发现。”明智小五郎语气镇定。

“看上去这起案件很难侦破，你好像一点儿进展也没有吧？”

清水纹三的语气里，夹带着讽刺的意味。

明智小五郎的脸上并没有不悦的表情，仍然笑嘻嘻地点点头。

“嗯，这确实是一起很难侦破的案件。是啊，听说你昨晚大显身手活跃了一番。你向我打听是否有新线索，其目的是想了解我是否知道昨晚发生的事情吧？你是那样想的吧？我现在不得不改变对你的看法。你可不是一个等闲之辈哟！”

清水纹三被明智小五郎这么一说傻了眼，哑然失色，觉得不可思议。明智小五郎怎么会知道自己昨晚的行动？尽管他说话时面带微笑，可那锐利的眼神好像表明知道了一切。想到这里，他心里不免忐忑不安起来。

“昨晚发生的事，你怎么……”清水纹三结结巴巴地问道。

“要是连这么点小事都不知道，那侦查工作还怎么进行？你也许以为你昨晚的行动是山野夫人告诉我的，其实，你这种担心是多余的，她根本就没察觉到你昨晚跟踪她。”

清水纹三默默无言，直愣愣地望着明智小五郎的脸。

“最近，山野夫人变得连话也不说了。即便一些小事，她也瞒着不说。她脸上的表情告诉我，后悔当初委托我侦查这一案件。

“她今天来，不是要我快抓捕罪犯，而是来了解我对案件背后的秘密掌握到了什么程度。她是为这来的。”

“那，你认为山野夫人与本案有关？”

“她与案件有关，这是明摆着的。问题是，夫人当初为什么主动委托我侦查？还有，现在这时候，又为什么后悔当初委托我？

“这两点，我一时还无法弄明白。也许，山野夫人故意委托我受理这起案件，其目的是要我走过场。

“或许，她根本不把我放在眼里，深信秘密不会暴露。通常，许多女性罪犯的这种倾向非常明显。”

“假如真像你分析的那样，现在，她的自信心可能开始动摇了。”

“可以像你这么分析。山野夫人如果心里有鬼，表现出提心吊胆是完全可能的。因为，我最近的侦查效果十分显著。听你说话的口气，也许以为我对此案无从下手。如果真像你想象的那样，那我是无法胜任侦探工作的。就说你昨晚的跟踪行动吧，我知道得一清二楚。”

清水纹三脸色通红，显得无地自容。

“昨晚你乘坐的出租车牌照号码，我可以一字不差地告诉你。你化装成司机助手，与山野夫人和怪男子乘坐一辆出租车，车牌号是二九三六，对吗？”

“那，你昨晚埋伏在哪里？”

“哈哈哈……你终于默认昨晚的行动了吧！我估计很有可能是你，故意套你的话。要说我为什么知道，那很简单，山野家雇用的侍女阿雪是我的内线。

“我第二次去那里了解用人情况时选择了她，请她担任我的内线。不用说，报酬什么的我跟她谈好了。

“在用人中间，阿雪是最正直的。她是真心为了山野家，也是我主动要求她担任内线的。这几天来，她干得很出色。”

“哦，原来是这么回事！”

“她昨晚跟踪山野夫人，并打电话告诉我那辆出租车的牌照号码。我顺藤摸瓜，有了车牌号，就不难知道那家出租车公司的名称。

“知道了那家出租车公司的名称，就不难找到昨晚当班的司机。找到那司机，昨晚车上的情况就都明白了。

“他接受了你这样长相的男子委托，你是要求坐在副驾驶席上扮演助手跟踪一男一女乘客。怎么样，你昨晚的行动和动机我了如指掌。”

“你什么都知道了！”清水纹三搔了一下头皮。

“嗯，把山野夫人带走的怪男子，是非常小心谨慎的家伙，还是惯犯。他没有在山野别墅门前下车，所以我无法弄清楚你到底跟踪到哪里，以及那是一幢什么样的住宅建筑。不过，我经过分析，估计那里肯定是中之乡O町，那幢住宅的门很小。怎么样，我的猜测没有错吧？”

“是的。你怎么连那里都知道了？”

清水纹三完全被明智小五郎洞察一切的火眼金睛折服了。

“果然不出我所料！要回答你这个问题，我得按顺序叙述。这样吧，先让你看一样东西。”

明智小五郎从桌子抽屉里取出好几张细长的破纸，用手按平上面的折痕，将它们按顺序排列在一起。

接着，他又从抽屉里取出各式各样的东西：从钢琴弹簧上取下的黑色金属发钗；从山野三千子梳妆台上取来的许多化妆品；从山野三千子桌上取下的印在吸墨纸上的指纹；石膏碎片；春天用的薄款网眼围巾；小型手提包；一张照片。

像摆地摊那样摆满了一桌。此外，抽屉底下还有一双穿过的旧草鞋。

清水纹三呆呆地朝这些东西扫了一眼，这些无疑都是本案的物证。明智小五郎是什么时候收集到这些物证的?

终于，他不得不改变自己原先的看法，打心眼里佩服明智小五郎了。

“怎么样，清水君，通过这些有力的物证，你可以明白我没有闲着吧！过不了多久，这些物证将与我告别。因为，我的一个朋友田村检察官，将出任这起案件的公诉人。

“我打算把这些物证如数交给他。只要具备这些物证，不仅有利于侦查，而且不需要到处走访排查，坐在办公室里就能弄清事件真相。

“在这些物证与我告别前，凑巧你来了，顺便让你过一下目。你既是这起案件的介绍人，本身又非常喜欢侦探，说心里话，这些物证是不可以随便给人看的，只有你例外。

“可我对你是有要求的。对于这些物证及我对物证的判断，你要做到守口如瓶。我的职业习惯是，在案件没完全侦破前，不讲述还不属于最终最准确的推理过程。”

明智小五郎把桌上的物证一一摆弄了一番，脸上露出神秘的淡淡笑容。

“那么，从哪里开始说起呢？”明智小五郎高兴地环视一下桌上的证物。

“对，对，你好像对O町那幢住宅感到奇怪。其实，秘密就在那里！你读一下这些连接起来的破纸！”

说完，他用手指着碎纸片拼凑起来的便条。

剖析便条

便条只有信纸一半大小，不仅被撕成碎片，还有被烧焦的痕迹，有的碎纸片上的字已经看不清楚，即便拼凑后读起来也是断断续续的。

根据你的委托埋葬了……就我和路屋君等三个人……是这样的情况，我希望同你慢慢地商量……地点在……乡O（有一两个字不清楚）……六三村田……你看完后必须烧毁……

不管怎么念，都很难明白该信纸上的内容。

“我猜出你昨晚去的地方，依据就是与这个‘乡O’关联的町名。在东京，中之乡O町就一处。”

“噢，原来是这么回事！”

“我立刻去那里调查，轻松地发现了写有村田门牌的那幢门不大的住宅。走到里面，我也见到了那个耳聋老妇人。”

“果然有耳聋老妇人。”

“老妇人对我说房屋主人是工薪族，可不知道这话是否真实。至于那个叫村田的人，我没有见着。不过，我对那住宅进行了调查，发现了许多新的情况。”

“你是说那幢房屋？”

“嗯，我估计本案其实与恐怖分子有关。可那家伙并不是令人发指的杀人凶手，真正的凶手住在另一个地方。因此，在抓捕到真正凶手之前，我们无法弄清真相，这是十分遗憾的事情。倘若惊动了真正的凶手，让他逃之夭夭，等于竹篮打水一场空。”

明智小五郎说的这番话，像谜一般令清水纹三费解。

清水纹三不由得感到焦急。明智小五郎说的，肯定是昨晚带山野夫人走的那个家伙。无疑，山野夫人受到了怪男子的恐吓。

如果怪男子不是凶手，对于受到威胁的山野三千子来说，说不定其继母山野夫人就是手段残忍的凶手。

清水纹三认为，目前也只能这样分析。

明智小五郎肯定也怀疑山野夫人，但暂时还不能断定她就是凶手。

“这纸你是从哪里找到的？”清水纹三问道。

“我的内线阿雪拾到给我的。收信人是山野夫人。山野夫人按照信上的要求，看后把信撕成碎片塞到烧洗澡水的炉门里，被机灵的阿雪看见后悄悄取了出来。夫人以为这封信已经化为灰烬，其实炉门口内侧还剩了这么点儿。虽说信封烧成了灰很遗憾，但幸亏还留有这么点儿。其实，这么点儿足以成为线索了。”

“如果收信人是夫人，那么信上的‘你’，应该是指山野夫人吧！也就是说‘根据夫人的委托’。所谓‘埋葬’这单词，也许是指埋葬了山野三千子的尸体。另外，在‘就我和路屋君等三个人’这句话前面，应该写有夫人的名字。”

清水纹三浮想联翩地推理。

“嗯，可以这么推测，但不能肯定。假如断定凶手是山野夫人，像这样的推测就没有任何作用。”明智小五郎意味深长地笑着说。

“可……这好像是唯一的推测。”

“倘若怀疑山野夫人，还有其他材料。”明智小五郎镇定自若。

“这条网线方巾和小皮包，还有放在抽屉里的这双草鞋，就是物证。据说，这都是山野三千子离家出走时随身携带的东西。这三样东西，是内线阿雪从山野夫人房间里发现的。”

“照这么说，山野夫人伪造山野三千子离家出走的假象，把三件东西藏起来了。如果是这样，夫人就更值得怀疑了，难道不是吗？”

清水纹三瞪大眼睛注视着这三件物证，语气更加坚定了。

“只是怀疑，但还不能肯定山野夫人就是真正的凶手哟！”明智小五郎闪烁其词地答道。

“你如果这么怀疑山野夫人，试着采用一下与其相反的观点进行推测好吗？首先，山野夫人主动委托我侦查这起案件。但这是否也就像前面说的那样，假设凶手在上演空城计那样的戏码，那也很难断定山野夫人就是凶手。

“例如，凶手没等到信完全烧毁就离开炉门，凶手把那么重要的证据放在易于被发现的自己房间的壁橱里等等。这跟擦掉钢琴上的指纹和把尸体扔到垃圾箱的手法是截然不同的，不能认为是同一个人干的。虽说凶手在作案过程中有可能露出蛛丝马迹，但这样屡屡出错似乎不像是凶手所为。”明智小五郎说完，朝清水纹三看了许久，片刻之后又说了一件令人意外的事情。

“确实，山野夫人那里也相继出现了许多对她不利的证据。这便是其中一个。”明智小五郎小心翼翼地拿起桌上那块奇怪的石膏碎片，尽量避免自己的指纹沾在上面。

“这也是从山野夫人房间的壁橱里找到的，是用方巾包起来藏在那里的。当然，我只拿来一块石膏碎片。经过核实，它来自高度三十厘米左右的石膏像。而这座石膏像就在那房间里。”

清水纹三没有说话，比较着明智小五郎的脸和那块石膏碎片。

“光凭这些现象，也许还难以弄清楚究竟是怎么回事。看来，有必要先从这个发钗开始分析。”明智小五郎拿起从钢琴里发现的发钗。

“这需要用放大镜检查。经过调查，发现这枚发钗的上端歪得很厉害，好像被什么坚硬的东西敲打过。发钗的弯曲部位沾有白色的粉末，可仔细观察后，发现有些已经变黑了，虽难以确定，但我总觉得那上面沾有血迹。瞧，就是这里，看见了吧？”

明智小五郎递上发钗，用手指着弯曲部位。清水纹三朝那里看了一眼，也感到那里确实沾有什么东西。

“取下那上面的粉末和血迹，再用放大镜观察，发现粉末里掺入了石膏粉和染料之类的东西，酷似涂在青铜上的石膏工艺品粉末。至于血，那肯定是人的血。这一发现，使我觉得必须弄清楚山野别墅里是否有石膏粉。当然，这又少不了阿雪的帮助。她说，山野三千子的书架上曾经有过青铜色石膏头像。”

“嗯，你这么一说我也有印象，书架上确实有那样的东西。”清水纹三连连点头。

“由于石膏头像的底部粘有厚实的石膏台座，因此，极有可能由于撞击而使石膏像掉落碎片，也有可能被用来敲打头部而致使受害者死亡。

“从山野夫人房间壁橱里找到的石膏碎片上，沾有许多血迹。因此，多半是石膏像台座角部触及被害人头部而导致被害人死亡。

“由此可见，在山野夫人房间里的石膏碎片，来自于那座石膏像，而那座石膏像就是凶手制造这起凶杀案的凶器！从表面上看，这起案件非常简单，但内幕非常复杂。正因为有那个怪人存在，使这起案件变得非常不可思议。

“侏儒手持砍下的一条小手臂步行在街头，M百货大厦和服商场的时装模特架的手被替换成人的手，这些都是令常人难以想象的举动。

“然而，正如我刚才说的那样，如果把用石膏像杀人和把尸体藏在钢琴里这些行为联系起来分析，应该不能把它视作有计划有预谋的杀人犯罪。

“造成对方死亡，不是凶手的本意。凶手原本没有杀人打算，却由于失手而酿成骇人听闻的大案。像这种类型的案件，对于侦查来说是最困难的。

“通常，有计划有预谋的犯罪如果在哪里留下证据，只要沿着这条线索刨根问底地找下去，就一定能够抓住关键的东西。而像这种类型的失手犯罪案件，看似有线索，但找不到头绪，很难顺藤摸瓜，加大了侦查的难度。”

明智小五郎说到这里，用手搔了搔蓬乱的头发，没再往下说，似乎又陷入了沉思。

分析照片

“明智先生，你说的证据不都证明凶手就是山野夫人吗？”清水纹三急切地问道。

“嗯，等一等！我还有一些没有解释的地方。至于议论以后再说，先对你解释一下。”

明智小五郎从桌上拿起那张大照片，目不转睛地琢磨了一会儿。

“这是山野夫人给的山野三千子近照。通过这张照片，可以想象她的为人性格。”

说到这里，明智小五郎把照片递到清水纹三的手里。

这是山野家的全家照，山野大五郎坐在中央，用人们都在照片里。

明智小五郎接着往下说：“我不但想看一下山野三千子的

长相，还想看一下司机路屋君的真实面目，特意从一大堆照片里选出了这一张。根据这张照片分析，再加上那张由碎纸片拼凑的便条，很显然，路屋君与这起凶杀案多少有关。通过观察照片上的脸，我可以得到许多线索。其实，脸可以反映迄今为止一个人的行为和性格。通过对照片的细致分析，一个个谜就可迎刃而解。”

明智小五郎边说边注视着清水纹三的脸。清水纹三似乎觉得对方射来的目光刺眼，不由得低下头来。明智小五郎说的这些话越发让他感到可怕。

“看这张照片上的山野三千子的表情，好像在显示许多情况。首先是人为的感觉，也就是非常做作。头发也好，脸上的化妆也好，身上的穿着打扮也好，完全是特地模仿电影演员。平时的山野三千子，绝不是这般模样。从这张脸看，她具有舞台上的表演技巧。”

“是的！确实是这样的感觉。”

清水纹三重新观察照片后，点点头说。

“凑巧站在她旁边的，是那个侍女小松。她俩是一个非常奇妙的组合。瞧！侍女小松完全相反，脸上根本没有表情，给人冷冰冰的感觉，那模样好像在思考什么。但像这一类看上去老老实实的女子，应该作进一步分析，也许她要做什么。她好像是近视眼，戴着一副眼镜。这也许是给人冷冰冰感觉的原因吧！”

清水纹三猛地想起侍女小松下落不明的情况。看来，明智小五郎大概在怀疑小松。

“你已经知道小松失踪了吗？”清水纹三问。

“嗯，是山野夫人告诉我的。关于小松的失踪，我的脑海里浮现出一个想法。这起案件的中心人物，也许就是她。”

明智小五郎一边说一边用手指梳理头发。

清水纹三见明智小五郎兴奋时的习惯动作后，恍然大悟。

果然是那么回事！明智小五郎在怀疑侍女小松。肯定是那么回事！对于侍女小松来说，山野三千子是她的障碍，是一种不该存在的存在。

由于表面上非常乖顺，迄今为止谁都不怀疑她。说真的，她是个早就该受到怀疑的人物。

清水纹三暗自在心里点头。可明智小五郎果真这样考虑吗？似乎并不十分明确。

明智小五郎把照片放在桌上，接着把视线投向化妆品和吸墨纸。

“你大概已经从山野夫人那里听说了吧？一条是在M百货大厦和服商场里发现的手臂，另一条是昨天邮递员送到山野家的手臂。我分别取来这两条手臂的指纹。经过核对，与山野三千子的指纹完全一致。我的推断得到了证实，证据就是它。”

明智小五郎小心翼翼地解开手帕，把各种形状的化妆品瓶子和容器排列在桌上。

柔软的化妆脂膏表面上，有许多黑色图案。为能让指纹更加清晰地显现，那表面上撒有黑色粉末。

“山野三千子似乎很爱打扮，化妆品种类多得令人难以置信。其中用于手的化妆品是磨手指的粉末和小锉刀，另有粉扑等等，种类非常齐全。

“但在这些化妆品里，指纹最清楚的是粉扑，其次是化妆品容器的表面。很不光滑的容器，有的是纸制的，有的是柔软的，都没有留下指纹，起不了任何作用。

“像镜子表面和抽屉上的金属件什么的，也调查过了，都是相似的指纹。就这些物证，已经绰绰有余了。”

明智小五郎拿起一个个容器，郑重其事地重新予以排列。

“双氧水、绿色水粉、白粉膏、发油、双氧水油膏……这都是些极其普通的化妆品，且全是国产的，价钱也不很贵。这些似乎都是山野三千子随便买的，没什么特别讲究。其中只有一样化妆品是法国产的，叫‘波匹安’。它虽不是什么特别高级的化妆品，但油性特别强。”

明智小五郎把最后列举的化妆品“波匹安”拿在手上，饶有兴趣地摆弄着，没有放回原来的位置。

“好像就这个没有指纹吧？”清水纹三猛地察觉到了，问道。

“嗯，这容器的表面非常干净，好像被擦过。你瞧，里面的油膏表面沾有这样的指纹，而且很完整。”

明智小五郎似乎话里有话，像个淘气的孩子那样，脸上露出奇怪的表情。

最后的物证是桃色吸墨纸，上面除山野三千子的指纹外，没有其他应该注意的地方。上面有许多用墨拓取的文字，但字与字相互重叠，看不清楚，也难以理解是什么意思。

“刚才让你看了我发现的东西，这回该轮到你说一下昨晚的情况了。”

明智小五郎把桌上的所有物证放入抽屉里，催促清水纹三。

“没有，除你知道的以外没有什么新内容。”

清水纹三一边搔着脑袋，一边简明扼要地叙述了山野夫人和怪男子昨晚在那幢住宅里突然无影无踪的情况。

明智小五郎没有为那奇迹般的消失而惊讶，脸上是丝毫不感兴趣的表情。突然，他似乎想起什么，提出一个完全不相干的问题。

“你觉得山野三千子的脸色好吗？照片上看不清楚。是偏红且带有光泽的脸色吗？”

“不，恰恰相反。虽没听说她身体有什么不适，但却给人一种病态的感觉，面色苍白无血色。她是通过化妆和表情技巧掩盖脸色缺陷的。”

清水纹三觉得明智小五郎的提问特别奇怪，两眼一直注视着对方，暗自琢磨他提问的真正意图。这时，明智小五郎又不停地用手指梳理着头发。

片刻，明智小五郎话锋一转，似乎暗示清水纹三，如果有什么不清楚的地方请尽管提问，但他自己已经没有什么可说的了。接着，他吩咐女服务员端茶。

清水纹三见不能久留，便起身向明智小五郎告辞，离开了旅馆。

坐上出租车，他的脑海里仍装着明智小五郎出示的各种物证和相继出现的可疑人物。

那些物证里，除化妆品和吸墨纸上山野三千子的指纹清晰外，发钗也好，草鞋也好，都是不利于山野夫人的物证。

并且，她不仅销毁了可疑的便条，还跟怪男子见面。无论谁分析，都会认为山野夫人的疑点最大。

清水纹三怎么也难以否定自己的这一观点，为了整理脑海里浮现出的许多现象，他就迄今为止出现的可疑人物及其动机进行了分析。

可疑人物一共有五个：

一、侏儒，身份不明；

二、昨晚那个带山野夫人出去的怪男子，也身份不明；

三、司机路屋君。他在案发过后没多久回了自己家乡。他的名字，出现在明智小五郎刚才出示的有烧焦痕迹的破纸上。这是最有说服力的被怀疑的理由；

四、山野夫人；

五、侍女小松。

然而，一、二和三列出的可疑人物都不像直接案犯。就目前了解到的情况而言，看不出他们有什么一定要杀人的犯罪动机。根据如今的情况分析，只能这样判断。

与此相反，四和五表示的可疑人物，似乎都有杀人动机。

山野夫人与山野三千子之间，不是亲生母女关系。继母跟脾气任性的山野三千子不和睦，那是众所周知的事实。

侍女小松见自己深深爱着的路屋君被任性的山野三千子所爱，非常嫉恨。但性格乖顺的侍女小松，究竟有没有那种杀人的胆量呢?

倘若凶手是她，为什么直到昨晚才逃走呢?她逃走前为什么要磨磨蹭蹭的?

综合起来分析，疑点最大的还是山野夫人。

清水纹三想来想去，还是觉得这样分析才是正确的。

寻衅闹事

凌晨一点了。每到这时候，浅草公园里不再有游客。正因为白天热闹非凡，晚上才显得加倍的寂静和冷清。

尤其是正殿背后一带，天黑的时候就没有了游客。对宽敞的公园来说，这里变成了被遗忘的角落，鸦雀无声。

在这片冷清的区域里，最冷清的地方应该是那棵被称为“神树”的大树。树枝朝四处张开，也不知它叫什么树。

远处的路灯灯光，压根儿照射不到这棵大树的周围。偌大的公园里，就数这里是魔地。就连巡查警官的皮鞋声响，也传不到这里。

这天夜里也很特别，天上没有星光，大树下比平时黑暗，阴森森的。呼！呼！不时传来可疑的鸟啼声。

“喂，哥哥，你睡了吗？”大树旁传来轻轻的喊叫声。

刹那间，铺设在那里的脏兮兮的草席里面，忽悠忽悠地蠕动起来。乍一看，像是一张被扔在这里的草席。其实，草席下面躺着一个流浪儿。

“没睡。”不知从哪里传来另一个低沉声音。

“太晚了！孩子们不习惯吧？”

“没关系，已经习惯了，好了，最好是躺着睡觉。”

就这几句问答，接着便没声音了。不用说，希望像刚才那样放平身体睡觉。

沉默持续了好一会儿。乌云压顶，死一般寂静，没有一丝风。

少顷，传来轻轻的响声，接下来的十分钟里没有响声，随后再继续。猛地声音停了，尽头的那座陈旧的殿堂的门无声地开了。从那漆黑的门口走出两个青年，都是身着夹克衫。

“谁？哦，原来是你俩。干得太顺手了！”

草席又动了，刚才的声音又轻轻响了。

“不顺手！今天就一点点儿。”

两个青年从殿堂廊子下来，朝草席跟前走去。

“我就算了，别忘了分一点儿给这里的定公君。”另一个声音说话了。

仔细看，大树黑乎乎的树干底部有一个大而黑的窟窿。那窟窿里，不知藏着什么人。

“我知道了哟！瞧，就这么三张。今天太疲劳了，是出来换换空气的。好了，今天就到这里结束。”

青年们拆卸了殿堂里的贵重金属，在这里谈着分赃的交易。

公园里居然有这样的盗贼。

遗憾的是，距离这里只有百米的派出所警官似乎根本没察觉。

呼，呼，呼……突然，传来比刚才响的鸟啼声。

“喂，是信号，危险，危险。”草席嘀咕完不再动弹。

青年们立即藏在殿堂门背后。

巡逻警官的皮鞋响声开始从殿堂对面传来，但什么也没有察觉到。他们虽逃脱了巡逻警官的视线，却没逃过黑暗里正在注视他们的一双眼睛。

殿堂廊子下面埋伏着一个青年，从一开始就在暗中观察他们。

“哥哥，最近好一阵儿没见你露面了，肯定又是什么地方发生了骚乱！”

等到巡逻警官走远，草席下边的男子又说话了。

“嗯，刚忙了一阵子，最近没出去，迄今已经好长一段时间没闹了，可我很想看看那红色的东西。”窟窿里的人答道。

“这是一种难以对付的毛病……是啊，那手臂风波已经停息了吧！”

“嘻嘻嘻……你还记得！因为是你，我什么都说。现在，整个日本传得沸沸扬扬的，简直是轩然大波，热闹极了！今天的报纸，也因为我的杰作，社会版面挤得满满的，太痛快了！”

“干得那么轰轰烈烈？”

“岂止轰轰烈烈。哎，你可别对任何人说哟！我把那具尸体的手和腿都砍下来了。把一条腿扔在千住的水沟里，把另一条腿扔到公园的水池里，把一条手臂装在M百货大厦的时装模特架上，把另一条手臂用邮包形式寄到某个人的家里。嘻嘻嘻……现在被媒体炒作。这么好的心情，我还从未有过呢！”

窟窿里的恶魔，毫无保留地公开了这起令人震惊的事件，还高兴得难以形容，发出得意的笑声。

草席下边的男子也许惊恐万分而没有回答，一时间什么声音也没有了。

“你不会说出去吧？你要是说出去，下回可就轮到你走那条路了！听清楚我的意思了吗？”恐怖的声音又从窟窿里传出。

“我怎么会说出去呢！我和你的哥们儿关系还用得着关照吗？”

“那就好！定公君，我也十分清楚自己的下场。唉！自打出世那天起，我就常常因自己这副模样而受到歧视。

“我恨命运对我不公。我一看见那些无忧无虑生活的人，就气不打一处来，恨不能一口吞了他们。

“对我来说，他们是我不可饶恕的敌人。定公君，我相信你，再说这里也没有别人，就对你说了这些。

“今后，我还要继续寻找机会不停地扰乱这个社会，让他们饱尝生活不安宁的滋味。我将依靠我的运气、智慧和能力捣乱，直到被警方抓住为止！”

又是一阵沉默。

“喂，哥哥，有警笛声，好像是朝这里来的。”

从远处传来消防车的警笛声。

“定公君，这里没其他人吧？”

“没关系。”定公君这么一说，恶魔从窟窿里蹿到地上。

这是一个体形丑陋的侏儒。

只见他警惕地环视了一下周围，随即一溜烟似的沿着大树树干向上攀缘，接着又从树枝爬到另一根树枝那里，钻入茂密的树叶里，眨眼工夫便消失了。那爬树的速度和灵巧简直令人惊叹。

侏儒用手弥补了腿短的不足，像杂技师那样，动作非常灵活，爬起树来宛如猩猩猴子。

“烧！烧！虽没有风，但那一带也就十来幢房屋。”树上传来侏儒这恶魔诅咒般的叫声，在黑夜里轻轻响起。

着火的地方是公园的两边，距离这里大约有一公里。

消防车从四面八方驶来，警笛声有远有近，交织在一起，犹如大合唱。爬在树上的侏儒幸灾乐祸，疯狂的叫喊声与警笛声汇合在一起，在黑暗的夜空回荡。

不一会儿，脚步声由远而近，跑来两个浑身肮脏不堪的流浪儿。

“哎，是你俩干的？”

躺在草席下边的男子问。

“是哟！”一个流浪儿回答道。

“太顺手了！”另一个流浪儿补充道。

也许是听见说话声的缘故，大树上传出树叶哗哗啦啦的响声。瞬间，侏儒像猴子那样跳到地上。

“好，好，干得太漂亮了！佩服！给，这是奖赏。”

侏儒从怀里取出几张纸币，递到流浪儿的手上。

“好了，快回去吧！”

侏儒打手势赶他们回去，随后脸朝着草席下的男子说：“定公君，我去凑一下热闹就回来。”

说完，转身飞也似的消失在黑暗里。

藏在廊子下边的青年见侏儒离开了，为了不被草席下边的男子发觉，悄悄从另一侧爬出，朝着侏儒消失的方向追去。

跟踪侏儒

穿过电影院鳞次栉比的街道，来到大街上。尽管是深夜，可看热闹的人群还是从四面八方蜂拥而至。

许多人伫立在屋檐下，眺望被大火染红的天空。

侏儒与跟踪他的青年，一前一后混在围观的人群里。

在这种特殊的情况下，谁都没在意侏儒的奇怪模样。尾随跟踪他的青年也不必担心被人察觉，可以缩短与侏儒之间的距离。

火灾现场，是在合羽桥车站过去两三百米的清岛町背后。维持现场秩序的只有五六名警官，看热闹的人可以自由接近大火现场。

正在燃烧的是木结构公寓，前面的五六幢公寓已经被大火笼罩。整个现场除了水泵吸水的声音和消防员的喊叫声外，也不是很喧闹。

黑压压的人群没有一个说话的，人们挤在一起。

火越烧越旺。由于天空没有风，火苗几乎是笔直地朝上猛蹿，火粉纷纷掉落在围观人群的头上。通红通红的着火现场，消防水枪喷出的水柱此起彼伏。

由于水管接头漏水，弄得路上到处是水。消防员们跑来跑去，忙着救火。这时，侏儒混迹于消防员中间，像喝醉酒的疯子一样到处奔跑。

他那张奇怪的脸被火光染成了彩色，张开的大嘴几乎与脸一般大，不时发出阴险的笑声，酷似给这世界带来灾难的恶魔。

跟踪他的青年混在人群里，紧盯着侏儒的背影。青年的脸也被火光染成了彩色，显得非常紧张。

不一会儿，在无数支消防水柱的威力下，火势渐渐地得到控制。围观的人群见火势减弱便陆陆续续地走了，现场的人越来越少。

也许是刚才疯狂奔跑的缘故，侏儒脸上出现了疲惫的表情，混在人群里沿着来路匆匆返回。在他身后不远处，青年仍在跟踪。

侏儒沿昏暗街道穿过一个又一个屋檐，活像快速逃窜的老鼠。

别看他腿脚特别短，可奔跑速度简直让人吃惊。加上个头跟孩童差不多，尤其在这漆黑的夜里，稍不留神，就有可能让他从眼皮底下溜走。

因此，跟踪这样的恶魔十分不易。

侏儒一路走的都是昏暗的小道，穿过公园，经过吾妻桥，沿着墨田区内纵横交错的道路转了好几个弯，最后来到一幢住宅跟前。刹那间，他消失在玻璃格子移门里。

那幢住宅的外表有点儿古怪，乍一看像普通住宅，但朝外突出的格子窗的一部分，被改建成小橱窗模样，玻璃后面排列着三四个硕大的偶人脑袋。

有眼睛涂金颜色的红鬼脑袋，有栩栩如生似乎朝着窗外笑哈哈的大黑脸，有脸色苍白的美女脑袋……这些偶人脑袋在朦胧的灯光下，加上玻璃本身沾有灰尘，宛如排列着的古董。

周围商店都关上了大门，没有一丝朝外泄漏的灯光，唯独这寒酸古怪的玻璃橱窗，在路灯下折射出噩梦般的光，给人远离世界的凄凉感。

跟踪侏儒的青年，环视了这幢不可思议的住宅，脸上流露出惊讶的神色。也许他没想到侏儒会走进这里面。

住宅门的上端挂有姓名牌。经过左认右辨，青年终于看清了那上面的字："偶人工艺师安川国松"。侏儒关上房门放心地松了一口气，可丝毫没注意到背后有尾巴。刚才的异常兴奋，使他过分得意而忘乎所以了。

门内侧是狭长的走廊，笔直朝里延伸，旁边是宽敞的榻榻米房间，像老式商店那样没有移门。

榻榻米房间的一个角落，堆放着许多用于放偶人的箱子以及工具等。正面的八角钟下边是令人吃惊的土制大型裸体偶人，那模样像瞪大眼睛伫立着的卫兵。

乍一看，你会觉得它们不是偶人，而是真正的人，似乎都在注视着你。

榻榻米是褐色的，显得十分古朴。在如此环境里，唯有这些偶人似乎是刚制作的，给人崭新的感觉，那桃色的皮肤闪烁着耀眼的光泽。

侏儒打开尽头的门，沿着通向背后的狭长院子朝纵深处走去。

“谁？”旁边的移门里，传出睡梦中迷迷糊糊的叫声。

“是我。”侏儒答道，继续快速朝里走。

移门里面的人，并没有阻止他朝里走的迹象。

就这样，侏儒消失在院子深处的黑暗里。

站在门口跟踪的青年，把眼睛贴在门缝上朝里窥视，随后沿着道路绕到这幢房子的背后眺望里面的情况。

接着，他又看了看周围的房屋门牌，记住详细地址。

青年在这里待了近两个小时，把了解到的情况全部记录在笔记本上。没过多久，东方开始微微发白，他这才停止监控，拖着疲惫的双腿沿来路返回。

经过吾妻桥，青年似乎想起了什么，立即走进公共电话亭，翻看着笔记本拨打电话。从他脸上的表情看，电话那一头好像有人跟他通话。

“是赤坂菊水旅馆吗？”青年亮开嗓门精神饱满地问道。

“对不起，大清早就吵醒了你。明智先生在房间里吧？请立即通知他：我有急事！可能他还在睡觉。请你一定要喊醒他，同时把电话转到他的房间里好吗？……哦，是说我吗？告诉他，说是小林打来的电话就可以了。”

跟踪侏儒的青年叫小林芳雄，是大侦探明智小五郎的助手。

小林芳雄此刻守着电话急得直跺脚，希望明智先生赶快接电话。

不一会儿，电话那头传来了叫小林芳雄的声音。

“啊，是先生吗？”小林芳雄大声喊道，接着迅速讲了起来。

畸心侏儒

从清水纹三拜访明智小五郎那天起，已过去整整三天了。

这三天里，又接连发生了几件大案。

侏儒暗地操纵流浪儿的纵火事件，被跟踪他的小林芳雄发现了。那天，侏儒在火灾现场疯狂奔跑的情景，全都没逃过小林芳雄的眼睛。

根据掌握的情况，加之明智小五郎提供的物证，警方视侍女小松为犯罪嫌疑人，展开了大搜捕。

根据路屋司机回到大阪老家的情况分析，警方估计侍女小松也可能在那里。于是，警视厅委托当地警署监控，同时派出刑事侦查警官赶赴大阪。

但结果，路屋司机这几天里没回大阪老家。周围人说，没见过类似小松模样的姑娘。

根据在壁橱里发现的物证，警方传讯了山野夫人。可山野夫人说她不记得壁橱里放过这样的东西。

“肯定有人为了陷害我，把这些证据放在我房间的壁橱里。”

山野夫人矢口否认。

仔细分析一下，她说的话是可信的。假设她是凶手，又为什么要主动委托明智小五郎受理此案呢？而且，她还常去他那里请教。

不仅如此，山野夫人身边还有一个有力的证人，就是卧床养病的山野大五郎。

“我夫人山野百合子，那天晚上一直和我在一起。”

山野大五郎证实他太太没有外出。

这证词，使得山野夫人的疑点变得子虚乌有。

可在清水纹三看来，仅凭她丈夫山野大五郎的证词不足以证明山野百合子无罪。其缘由，是她没有说出中之乡O町那幢可疑住宅的情况。

但不知何故，明智小五郎似乎也根本不想说。因此，警察根本不清楚山野百合子与怪男子之间的关系。正因如此，清水纹三对山野百合子的怀疑还是不改初衷，而且越来越深。

最近一段时间，新闻媒体不停地报道山野家发生的怪案。而M百货大厦发生的手臂事件，更增添了人们的谈论兴趣。

被害者是年轻女性，凶手被重重迷雾裹得就是发现不了。由于案情史无前例，因此人们只要碰到一块儿就交头接耳。总之，大街小巷议论纷纷。

山野家的人面对社会的各种议论，越发感到伤心。尤其是主人山野大五郎，更忍受不了社会舆论和失去唯一爱女的痛苦，病情突然加重。

就在山野五大郎病重期间，令人感到意外的是，山野百合子又提出要去本乡的叔叔家，随即出大门走了，而且这一回是大白天出的门。

知道这一情况后，清水纹三估计她可能真是去本乡的叔叔家，便打电话到那里核实夫人山野百合子是否在叔叔家。

“对不起，她没来过。”

听到对方的如此回答，清水纹三心里更明白了，果不出自己所料。

不用说，夫人山野百合子的目的地是上次那个中之乡O町的仕宅，大概又是与那个怪男了商量什么，或许是遭到怪男子的威胁而不得不去那里。

清水纹三离开山野家，一边朝大路走一边思考。

是的，现在去一下明智小五郎那里！自打那天拜见他后已过去三天了，他那里肯定进展得很快。上回他故意卖关子，还有一些重要情况好像没对自己说。

总之，大侦探肯定掌握了O町那幢住宅的秘密。这一回，自己得向他详细打听一下。

清水纹三希望这一回拜见明智小五郎时，能从他嘴里了解到山野夫人到底扮演了什么角色。

来到菊水旅馆一打听，回答说明智小五郎在房间里。清水纹三觉得不可思议，大侦探到底什么时候外出侦查呢？

“好，他没外出太好了！”

清水纹三跟在女服务员身后走进房间。明智小五郎像过去一样，笑呵呵地迎接他。

“清水君，山野三千子的被害案件已经水落石出！我正要通知你呢！”

“什么？凶手是谁已经清楚了？”清水纹三惊讶地问道。

“是呀，其实早就清楚了，只是至今没对你说而已。不过那是有原因的。现在，我正要出门去抓捕凶手呢！”

“抓捕凶手……”

“是的，警视厅的警官马上就到，他们要接我一起去抓捕凶手。这次行动，我在暗中指挥，而警视厅侦查科的中村警长在明里指挥。

“我和中村警长是多年的朋友，相处得也非常好。鉴于这样的关系，我主动提出要求他一起前往抓捕凶手。

“这次抓捕的凶手很有反面教育意义，因为，凶手是极其罕见的心理变态的恶魔，是我们这个社会难以容忍的。”

“他是你上次说的那个侏儒吗？”

“是的！那家伙不光身体畸形，连心都畸形。他满肚子坏水，是我们社会上极其罕见的恶魔。请问你看过《基库鲁博士和哈依多氏》这部小说吗？”

“当然看过。主人公是一个双重性格的人。”

“是的，白天扮作正人君子，一到夜里便凶相毕露，穿梭于城镇寻衅滋事，杀人，放火，盗窃，无恶不作，利用夜幕干尽坏事，把人们的痛苦当作乐趣，幸灾乐祸。”

“这么说，侏儒是杀害山野三千子的凶手喽？”

“不，他不是凶手。我上次说过，他当时在别的什么地方。可那家伙比凶手更残忍，犯下了罄竹难书的罪行。我现在马上要做的，就是将他抓捕归案。为什么现在才对你说呢？那是为了不让另一个直接凶手闻风而逃。现在，我已经不担心他逃之夭夭了。”

“他到底是谁？”清水纹三屏住呼吸问道。刹那间，山野夫人那带着微笑的美丽面容在他眼前掠过。

这时，女服务员进来了，递给明智小五郎一张名片。

“哦，是中村警长他们来了，我必须马上出发。清水君，你也一起去好吗？”

“真带我去？”

清水纹三喜出望外。这时，明智小五郎已经起身着手出发前的准备。

警探联袂

菊水旅馆门前停有警视厅的警车，车上除中村警长外，还有两名便衣刑事侦查警官。明智小五郎带着清水纹三上了车。

“我根据你的提醒马上通知了厩桥警署，请他们配合抓捕行动。这次抓捕行动可能会有危险吧？”中村警长看着明智小五郎的脸立即说道。

“现在还很难说。嫌疑人身体畸形，加之心也畸形，酷似从地狱里爬出来的魔鬼，根本不能说他是人！别看他身材矮小，但行动快速灵活，爬起树来比猴子还要利索。如果就抓他一个人，不会有什么不顺利，可他还有同伙。”明智小五郎答道。

“也许他觉得不妙已经逃走了？你布置在那里的布控部下不会让他跑掉吧？”

“没关系，他们从三个方位监视那里，而且都是我最信赖的部下。”

警车出发了，前后排座位之间的交谈变得困难起来。于是，明智小五郎与旁边的清水纹三自然而然地交谈起来。

“现在要去的地方，就是上次我对你说的中之乡O町的住宅。那后来，你又去那里调查过了吧？那里是一个秘密聚赌的窝点，一些沾染恶习的人经常聚集在那里赌博。可附近居民压根儿不清楚，侏儒就是利用这一特点，为保证聚赌顺利进行，还在二楼设置了秘密通道，可悄悄从那里溜走，防备警察抓赌。”

“噢，原来是这么回事，我明白了。”

“那条秘密通道的入口在壁橱里，通道是在与邻居住宅之间的墙体里，简直不可思议！你上回那样监视，最终还是被他们逃脱，原因就在这里。”

“那幢住宅里居然有暗道？我一点儿也不清楚，难怪被耍了一回。那秘密通道的出口在哪里？”

清水纹三的脸上，布满惊愕和后悔的表情。

“出口在养源寺的背后。”

“你说什么？”

“你是否早就察觉到了？其实，养源寺在中之乡的A町那里。A町与O町是邻居，这你不知道吧？从A町的养源寺经过秘密通道，可以到达O町。从O町那幢住宅经过秘密通道，可以到达A町。”

“噢，原来是这么回事！”

“如果从街上行走，距离是两三百米，但如果从秘密通道行走，仅一丁点儿距离。说到养源寺，就是你曾经看见侏儒进去的那个寺院。这就是那家伙的所谓魔法。”

“嗯，我丝毫没有察觉到，这家伙竟有这么好的一条秘密暗道。”

“是啊，除我刚才说的之外，嫌疑人还有一条逃跑的路，它在同一个A町的养源寺墓地后。那也是紧挨着的邻居，就是那家奇妙的偶人工艺师商店。侏儒也可以从这家商店进出，也就是说，侏儒的贼窝在不同的町里有三个出入口。嫌疑人利用三个出入口为非作歹，而且一直没有暴露他的真实身份。”

“照这么说，寺院里的和尚和那个偶人工艺师都是侏儒的同伙喽？”

“那当然啦！他们的关系或许比同伙更为密切。”

明智小五郎还是像过去一样，说话不紧不慢，让人听了着急。

“为此，我们今天同时从三个出入口展开围剿。”

“那，上次和山野夫人一起进入那幢房子的怪男子到底是谁？多半是他的同伙吧？”清水纹三问道。

“那怪男子是瘸腿吧？”

“是的，上次看到的是瘸腿男子。”

“其实呀，他就是侏儒！你不认得那张脸了吗？”

“当时光线很暗，再说怪男子头上的鸭舌帽檐压得很低，鼻梁上又架着大眼镜，根本无法看清那张脸到底长得什么模样。不过，我还是觉得挺奇怪的，侏儒的身高怎么可以变成跟正常人一样？”

“问题就在这里。这也是侏儒干尽坏事却始终没有暴露的原因。那家伙只是在夜晚以侏儒的模样出现，而一到白天却变成了普通人。要揭露他伪装正常人的阴谋，会让人感到震惊。”

“那他是用什么办法使自己变成正常人的？我实在想不明白。”

“据说他小时候两条腿动过大手术，都装有假腿。通常，腿部有残疾的人的脑袋和身体与常人相同，只是腿脚行动不自然而已，或者说腿短一点儿。”

“是假腿？装得真像！上他的当了！”

“假腿的安装和拆卸非常简单，他很安全。不用说，与普通的假腿稍有不同。我看到过那种假腿，详细情况你马上会明白的。还有，就你一个人看见过侏儒的模样。从一开始，山野家的人就不认为歹徒是装有假腿的畸形人！”

“那个装有假腿的男子到底是谁呀？”

“养源寺的和尚。”

“什么？”

清水纹三瞪大眼睛，简直无法相信明智小五郎的答案。然而，就在他想进一步问清为什么是和尚的时候，警车已停在厩桥警署大楼的门前。

在警署里，署长和他的部下早已整装待发。中村警长及其部下下车与署长及其部下商讨了片刻，随即合在一起朝着附近的O町出发了。

中村警长和署长留在署长室听汇报。

刑事侦查警官们根据中村警长和署长的命令，听从明智小五郎的统一指挥。他们兵分三路，分别把守养源寺、O町那幢住宅和偶人工艺师商店的门口。

这三个门口，明智小五郎的三个部下早就守候在那里了。

“在没有接到我的命令之前，无论谁从里面出来，一个都不准放走。无论男女老幼，凡要从里面出来，一律禁止。请大家别忘了！”

明智小五郎重复了好几遍，要求大家不折不扣地执行。说完，带着清水纹三和另一个刑事侦查警官进入养源寺院。

推开住宅大门，只见一个浑身脏兮兮的老头儿站在灶前不知在干什么。

明智小五郎上前大声问道：“你是对面点心店的大叔吧？”

“是的。”

“寺院里的住持呢？”

“在。你是谁？”

“你忘了吗？两三天前，我不是在你店里买过点心吗？其实，我是警察，今天是带着公务来的。请你去把住持喊来。”

老头明白了，转身去里面寻找住持，片刻后匆匆返回，脸色大变。

“没有找到。我怎么一点儿也不知道他是什么时候出门的？”

“是那样吗？好吧，请允许我们进入寺院，我们在执行公务。”

明智小五郎说完，迅速脱下鞋子进去了。

老头目瞪口呆，没有阻拦。清水纹三和刑事警官跟在明智小五郎身后也脱下鞋了。这时，清水纹三忽然想起一件事来。

和尚不在这里，肯定是从墓地后去了O町那幢住宅。那里有山野夫人。

如果找到和尚，就可以发现山野夫人，可以让她在事实面前无地自容，还可以掌握到不可否认的证据。

清水纹三尽管至今还没有弄清楚威胁山野夫人的人是谁，但眼下机会难得，可以同时掌握侏儒的真实身份。

那么，山野夫人究竟有什么过错而受到侏儒的恫吓呢？想着想着，他似乎觉得山野夫人也是伪装的凶手。

秘密通道

清水纹三正在这么思考的时候，明智小五郎已大踏步地走进了殿堂。

天色已近黄昏，空荡荡的殿堂里一片昏暗，连榻榻米的颜色都难以用肉眼分辨。

柱子上刻有奇怪的图案，一侧角落放有斑驳的秃顶木制偶人，高大的灵牌排成一长溜儿，水墨挂轴画散发着香味。

这一切，构成了高深莫测的恐惧氛围。不用说，感觉不到店堂里有人。

明智小五郎小心翼翼地搜查每个角落，连物体后面也不放过。

搜索过两三个大房间后走到院子里，又仔细搜索了石灯笼和树木之间，再打开板围墙上的折叠门朝墓地走去。

清水纹三穿上放在廊子那里的草鞋，跟在明智小五郎身后。

墓地周围笼罩着浓浓的暮色，从面临道路的篱笆空隙可以看见正在外面把守的人。他们是明智小五郎的部下。

清水纹三曾经从篱笆间隙潜入墓地，眼下，这情景浮现在他的眼前。

“来，你瞧！那边黑色的板围墙上好像有洞。从洞望出去，那里凑巧是偶人工艺师安川君的作坊。对不起！请你监视那里的动静。我和清水君去调查面朝这边O町的情况。”

明智小五郎对身边的刑事侦查警官说。

警官说了声“是”，立即朝围墙那里走去。

O町的可疑住宅周围，是稀稀拉拉的竹子围墙。如果想钻，竹子围墙有许多地方可以轻松进出。

“哎，你来看一下这里。”

明智小五郎忽然站住，用手指着墓地一侧角落的银杏树根。那树干后有大窟窿，里面塞满了垃圾。

“这里好像是寺院的垃圾场。两三天前的晚上我来过这里，用扒开的方法调查过这堆垃圾和新的墓地。我估计山野三千子的尸体就被埋在这一带。”

明智小五郎语气肯定。

“嫌疑人扮作环卫员，趁替换垃圾箱把山野三千子的尸体转移出山野别墅。这一情况你大概知道吧？据说垃圾车上了吾妻桥后就不知去向了。

“我从你这里听说了侏儒的情况后，怀疑那垃圾箱里的垃圾可能是被运到这里的。接着我又在这一带打听，凑巧那天清晨有人看见一辆垃圾车被拉进寺院大门，更使我坚定了自己的判断。

“要藏匿尸体，像墓地这样的地方是最理想的，很难让人察觉。但我在这里寻找的时候，尸体好像已经被转移到别的地方了，再也没找到那具尸体。”

“照这么说，化装成环卫员的嫌疑人不是侏儒吗？”

“不，瘸腿拉不动那么重的垃圾车。不可能是他干的。”

两个人轻声说着话朝篱笆走去。从竹篱笆间隙穿过，前面便是石砌围墙，地面从那里开始一下变高了。

明智小五郎翻越石围墙，走进板围墙与仓库屋檐之间的夹缝里。这里几乎没有光线。

朝前走了十二三米，便不能往前走了，被别的围墙挡住了去路。

明智小五郎从袋里取出细钢丝，插入正面围墙的某个部位，又窸窸窣窣地捣鼓了一会儿，于是传出木条脱落的声音，接着围墙的一部分吱地开了。原来，这是秘密暗门。

秘密暗门里面是一条狭窄的通道，就在墙和墙之间，宽度仅一个人可以通过。他俩手摸着墙，继续朝前走去。

清水纹三突然想起孩提时代的捉迷藏游戏，恐怖感夹杂着愉快感油然而生。

稍稍往前走了一会儿，走在前面的明智小五郎转过身提醒道：“这里是梯子哟！”

两个人爬在危险的梯子上，小心翼翼地向上攀登，尽量不弄出响声。

梯子顶端有面积两平方米左右的木板，挡住了去路。左边和右边都是板壁，很窄，只能侧着身体。

“这里似乎是壁橱的背后。别弄出响声！”明智小五郎又轻声叮嘱。

他俩隐蔽在昏暗而又狭窄的空间里待了好一会儿，彼此的呼吸声听得清清楚楚，两个人的身体紧紧贴在一起。

清水纹三好像觉得山野夫人在壁橱的那边。

站了半晌，没听见什么声音。少顷，传来移门被推开的响声，紧接着传来粗而嘶哑的男子嗓音。

“夫人，你没感觉到有人？”

“没有，那怎么可能。”回答的，确实是山野夫人的声音。

“奇怪，我刚才从窗口向外眺望，大门外面好像有人走来走去的，真讨厌！上一回，居然有一个奇怪青年上楼来不知找什么。那情况是老妇人告诉我的。危险，危险，看来这住宅还是扔了吧！不过，他们是不会知道秘密通道的。”

由于板壁和壁橱门都很薄，说话声音听得非常清楚。

“快逃吧！要是被抓住可就彻底完蛋了。”

“对于我来说。逃与不逃都是一样。现在还没到那种时候。你可能还不知道我的能耐吧？”

沉着而又狂妄的粗嗓音，无疑来自侏儒，似乎比常人还要洪亮和精神，而且滑稽、恐怖。

“那好，就离开吧！别忘了要带的东西！”

声音渐渐朝这里接近，与踩榻榻米发出的响声一起传来。侏儒好像要打开壁橱门。

黑暗里，明智小五郎握住清水纹三的胳膊，手搭在壁橱背板上，无声地拆下背板上的其中一块，于是那里出现了一个正方形洞穴。房间里的光线，从洞穴射向他俩站的地方。

清水纹三猛然觉得可能与对方的视线相遇，立即摆开搏斗架势。但洞穴那边放有好几件行李，遮挡了视线，还看不清楚对方的模样。

片刻，最上面的行李被卸下了，紧接着出现一条手臂，抓住第二件行李慢慢地往下拽。

握住清水纹三胳膊的明智小五郎的手，在不停晃动。须臾之间，行李被全部移开了，洞孔那边猛地出现一个脑袋光秃秃的和尚，两道目光射向洞穴。

刹那间，四双眼睛相互对视。

“哇！”

由于目光突然交织在一起，又由于只有半米的距离，四个人不约而同地大声叫嚷。

和尚立刻转身朝七平方米左右的房间夺路而逃。

明智小五郎越过地上的行李，尾随紧追上去。

打开小房间的窗户，窗外是阳台，楼下是严密监视的警官。眼下，屋顶是唯一可以逃跑的路了。

侏儒眼疾手快，忽地蹿到窗外，站到阳台扶手上，一下子爬上二楼屋顶。

迟了一步的明智小五郎，伸手一把抓住侏儒悬挂在窗上的脚脖子。可那只脚在明智小五郎的手里挣扎了几秒钟，忽地与侏儒的身体分开，被攥在明智小五郎的手里。

原来，那只是包裹着白色长袜的偶人脚。

爬树快如猴子的侏儒，擅长在屋顶上奔跑。他身上的白色僧衣迎风飘舞，他朝着尖屋顶跑去。

“清水君，快到你那边窗口喊警察上来！”

说完，明智小五郎也爬上了屋顶。

黄昏时分的屋脊上，侏儒的白色衣服与明智小五郎的黑色衣服形成鲜明的对照，一白一黑，一前一后地奔跑。

跑到屋脊尽头，侏儒以电线杆和围墙顶端为立脚点，跳到隔壁房屋的屋脊上。接着，双手抓住电缆腾空移动了两米左右。侏儒掌握了一手飞檐走壁的轻功。

大侦探明智小五郎不会这一手，尽管距离仅两米左右，但不得不作罢，绕远路追上去。于是，两个人之间的距离渐渐拉开。

知道自己已经暴露的侏儒，不顾一切地向前逃跑。其实，警方已经把守了所有出口，无论如何是逃不走的。但在这种紧急时刻，他根本没时间理会这些，急急忙忙地朝着偶人工艺师安川商店的屋顶上跑去。

片刻，前面被浴室建筑的大屋顶挡住了。他望了一眼身后，不知什么时候变成了两个追兵。如果再犹豫，追兵人数可能还会增加。

想到这里，侏儒不顾一切地纵身跳到浴室屋顶上，沿着屋顶继续逃窜。就在他好不容易跑到拐角时，听到叫喊声而抢先赶到那里的警官正朝他跑来。

警官大声喝道："站住！"

完了！被包围了！

侏儒使出最后力气朝浴室屋顶上的屋脊爬去，可当他爬上屋脊稍稍松了口气时候，不料屋脊两端出现了追兵，朝处在中间位置的他包抄过来。

走投无路了！跳下去，脑袋肯定开花；不跳下去，只能乖乖地等着戴手铐。眼下，两条路必选其一。

追兵们摆开夹击抓捕的架势，趴在瓦上一步一步地朝他爬去。侏儒恍惚的眼睛里，仿佛看见三只庞大的蜥蜴朝他爬来。

他漫无目标地朝四处张望。

突然，他的视线停留在烟囱上。耸立在空中的黑色圆形铁烟囱，就在他脚边的瓦中间。侏儒使出高超的爬树本领，爬向烟囱顶端。

追到烟囱边上的警官们没有跟着爬上去，打算等待侏儒爬不动而自动下来投降。酷似船桅的烟囱顶上有三根很粗的钢缆，朝着三个方向延伸。其中一根钢缆越过中间狭窄的空地，伸向对面垃圾堆的顶上。

侏儒打算像缆车那样顺着钢缆滑到对面屋顶上。

如果这一招成功，那里恰巧是地形复杂的街道，加上夜幕降临，金蝉脱壳不是不可能的。

冒着生命危险的"滑钢缆表演"开始了。

身着白色僧衣的侏儒双手握住钢缆，脚离开烟囱，朝垃圾堆那里滑行。刚滑行了五六米，钢缆便忽然绷紧了，烟囱猛地左右摇晃起来。

与此同时，锋利的钢缆嵌入手掌上的肉里，犹如锉刀使劲儿地摩擦着骨头，疼得他无法忍受。

还没有滑到烟囱与垃圾堆之间的一半路程，手已经失去攥住钢缆的力量。

他不经意地朝下俯视，发现垃圾堆旁边的空地上站着五六个人。

也不知他们是什么时候来到这里的，那些人此时此刻正抬着头望着自己，嘴里还大喊大叫的，自己即便忍受钻心的疼痛到达目的地，等待自己的也是束手就擒。

“完了！”侏儒绝望地叫了一声。

刹那间，抓住钢缆的手松劲了。

侏儒只觉得眼前天旋地转，倒栽葱似的朝着地面坠落。

与地面撞击的侏儒，顿时失去了知觉。

站在垃圾堆旁边空地上的五六个人，一边叫嚷一边奔跑着围了上来。

“还有呼吸！”

“快！叫救护车！”明智小五郎跑过来赶紧指挥警察。

少顷，传来警笛声，救护车风驰电掣地驶到现场，侏儒被迅速抬上救护车，白色的僧衣上沾满了鲜血。

公开秘密

这段时间里，清水纹三究竟干了些什么？当时，他按照明智小五郎的手势，打开面朝道路的窗户大声吼道："喂，嫌疑人朝屋顶上逃跑了！"

四周把守的警官们听到清水纹三的叫嚷声，赶紧分头行动起来。看到这一情景，清水纹三猛地犹豫起来，究竟是紧随明智小五郎追赶侏儒，还是留在这里看守山野夫人？

屋顶上的喧闹声渐渐远去。

不知何故，一楼的老妇人始终没有出现。

"夫人！"清水纹三把手搭在山野百合子的肩膀上，轻轻喊道。

山野夫人猛地站起身嚷道："是我！我是杀害山野三千子的凶手。清水君，请你就这样对警察说，快把我带到警察那里去！”

山野夫人泪流满面，嘴唇不停地哆嗦。突然，她改口大声嚷道：“不，去警察那里之前我必须先回家，必须先回家，快，快，清水君。”

她抓住清水纹三的胳膊发疯似的嚎叫，布满血丝的眼睛里闪动着害怕有人过来的目光，不时地朝四周张望。

清水纹三此刻猛地紧张又兴奋起来，不知何故同情起山野夫人来。纵然她是令人发指的杀人凶手，想必有其他什么原因。能不能不损害她的名誉而帮她一把呢？

“夫人，你不能在这里久留，快逃吧！”声音微微颤抖。

“快，快带我回家！”

“和我……和我一起逃吧！”

山野夫人由于亢奋和精神打击，全身虚脱得连站起来的力气都没有了。她靠在清水纹三手臂上的身体，摇摇晃晃地又瘫软在地上。

清水纹三抱住她的身体，费了好大的劲儿才走完楼梯。

楼下站着耳聋的老妇人，目瞪口呆地望着他俩。瞧她脸上的表情，似乎是终于听清楚楼上的嘈杂声才走出卧室出现在一楼楼梯边上。

清水纹三推开老妇人朝门口跑去，穿上放在那里的木屐来到门外。

把守门口的警官一个也没有了，都去追赶侏儒了。他俩沿着昏暗的没有光线的道路，朝着行人稀少的小路走去。

尽管步履蹒跚，清水纹三还是使尽全身力气搀扶着山野夫人奔跑，好在一路上没遇见任何人。

随后来到隅田川的河堤上。眼下，只剩这条可以逃跑的路了。

山野夫人气喘吁吁，一路上多次险些摔倒在地上，幸亏牢牢攥紧了清水纹三的手。不一会儿，他俩终于来到去山野别墅的转弯道上。

“你不能回家！一回到家，等待你的肯定是手铐。听我说，快跑吧！”清水纹三鼓励山野夫人。

“不，我无论如何要回家一次，放开我！放开我……”

山野夫人说话的声音极其微弱，打算朝自己的住宅方向转弯，却受到清水纹三的阻拦。

“夫人，你现在不必担心了。但不能回家！否则，等待你的只能是逮捕。喂，别磨磨蹭蹭了！我觉得你还是逃走吧！”

清水纹三拽着山野夫人，尖着嗓音极力劝说。

此时此刻，清水纹三满脑子装的只有这么一个念头：无论如何得帮山野夫人一把！

两个人沿着河堤一直朝北奔跑。

渐渐的，住宅越来越少，夜色越来越深。

也许奔跑了好几百米？

河堤的右边，出现了一大片枝繁叶茂的树林。

清水纹三由于搀扶着山野夫人奔跑，两条腿重得像灌了铅似的，累得气喘吁吁的，话也说不出来，胸部快要裂开似的。

他跌跌撞撞地搀扶着山野夫人来到一个看上去适合休息的地方，让累得快要休克的山野夫人躺在大树的树荫下，自己则返回河岸下到河边，双手捧起不太干净的水灌到嘴里。

等到喉咙感觉稍好受一些，将手帕放在水里浸透后回到树林里。

山野夫人还是原来的姿势，躺在树荫下一动不动。

清水纹三把吸满水的手巾放在山野夫人的嘴上，让水流向她的喉咙。

“夫人，快醒醒！”他大声喊叫，山野夫人终于苏醒了。

“咦，我这是怎么啦？”

“夫人，能打起精神走吗？再坚持走一会儿，前面朝右转的地方是东武线车站，我们坐车到远方去！”

“不，再逃也是瞎子点灯白费蜡。不能逃，他肯定已经彻底交代了。”

“你说什么？要真是那样，你应该逃得越远越好。”

山野夫人紧盯着清水纹三的脸，突然改变语气问道：“清水君，难道你会永远站在我这一边？”

“那当然喽！你为什么问我这个？”清水纹三提高嗓门儿问道。

“那，我说实话吧！其实，我没有杀害山野三千子，凶手是别人。”

“什么？你说什么？凶手是谁？”清水纹三吃惊地问道。

“是山野，我的丈夫山野大五郎。因此，我想尽快赶回家，一刻也不能耽搁，让他赶快逃得远远的。”

“不会吧？山野大五郎难道不是山野三千子的亲生父亲？他怎么会干那种蠢事？如果真是你说的那样，目前他又是重病号，怎么逃得走？可以想象，现在山野别墅的周围肯定都是警察。”

“对，你说得没错！不过，也许侏儒已经逃走了。如果真逃走了，这秘密也就永远不会暴露。”

“是他？他掌握了你们的秘密？照这么说，你一直为这才受到他的恐吓，对吧？或者说，你是为了隐瞒丈夫的杀人罪而顺从他任他摆布？”

“是的。我只能这样做。从我明白那情况的时候开始，我为保全山野家族的名誉和保住丈夫的生命安全尽了所有的努力。”

山野夫人哭泣着说，情绪异常激动。

清水纹三在一旁半晌没有吭声，见山野夫人心情稍稍平静下来，才井口问道：

“夫人，我有不明白的地方想请你回答。你曾经收到并且又多半是你扔掉的那封信，现在掌握在明智小五郎的手里。就是那张侏儒通知你到O町那幢住宅的便条。

“那上面是这样写的：根据你的委托埋葬了山野三千子的尸体。这件事情只有我、路屋君和某某人三个人知道。

“虽说某某人的姓名被烧焦，看不清楚，但收信人如果不是你那又是谁呢？此外，还有许多证据。山野三千子那天拿着出去的那条围巾以及手提包，不就放在你的壁橱里吗？

“证据还不止这两样。敲打山野三千子脑袋而掉落碎片的石膏像，不也放在你房间的壁橱里吗？我怀疑你是凶手，大概也不是没有道理吧！”

清水纹三举出许多证据。

“其实我一点儿都不知道壁橱里有那些东西。是明智小五郎找到的吗？”

“不是，是你的侍女阿雪。三千子小姐失踪事件发生后，她协助明智小五郎调查。”

“啊，原来是这么回事！可我还是不明白为什么会出现在我房间的壁橱里。你说的那张便条我还记得，可它怎么会到明智小五郎手上呢？”

山野夫人叹了一口气。

“……我第一次得知真正的凶手是谁，就是根据那张便条。侏儒按照山野大五郎的委托和要求，将尸体转移出别墅后藏了起来。

“可打那以后，侏儒经常威胁我，还在便条上扬言公开他所做的一切。那张便条，是在明智小五郎接受我的委托后收到的。

“此前，我根本就不清楚山野三千子已经死了的情况。否则，如果我是凶手，又何苦去委托明智小五郎呢！”

山野夫人完全公开了秘密后，脸上反而浮现出轻松的表情。

清水纹三恍然大悟，自己原先的一番推理只是凭空想象，这下总算清楚了。他羞愧得半晌没吭声，只是呆呆地仰望着天空。

堂姐堂妹

长时间沉默后，从沉思中如梦初醒的清水纹三突然问道："照这么说，那便条上写的三个人中间的另一个人是山野大五郎吧！而侏儒是接受他的委托埋葬了山野三千子尸体的吧？"

山野夫人点点头答道："是的。关于不可抵赖的证据，是丈夫在山野三千子失踪后从公司银行账户里取出过巨款。当时，公司营业经理十分着急，把这情况告诉了我。按理说，丈夫不需要那么多钱派用场。我看了那张便条后，立即明白了一切。巨款的一半，也许给了司机路屋。"

"你丈夫见过路屋吗？"

"见过。丈夫特地为见到他去了大阪。丈夫对我说，三千子遭路屋君绑架，想送赎金去带女儿回来。其实，他是为了保住秘密，带着巨款去大阪，目的是让路屋君守口如瓶。我怀疑过丈夫，但没有表现在脸上。再者一见到他病倒在床上愁眉苦脸的，觉得他怪可怜的。”

“路屋君为什么知道那秘密？”

“这我不是很清楚。不过，拉那辆垃圾车离开别墅的人肯定是路屋君。山野大五郎本人，是绝对不可能干那种事的。要说还有涉及尸体转移的人，就是养源寺的和尚，那个侏儒。除他们三个人以外，没有其他知情的人了。”

“原来如此，看来，确实是你说的这么回事。”

“唉！现在这种时候再说，也已经无济于事。清水君，眼下最重要的是我该怎么办。”

“如果真是你说的那回事，我想你还是回家去。凶手既然不是你，就没有必要这么慌慌张张地瞎跑。”

清水纹三放心地松了一口气，同时觉得自己的武断和盲目实在太幼稚，苦笑着答道。

“那家伙是否逃之夭夭了？如果从屋顶掉到地上摔死的话，反倒是一件好事。如果这样，我现在必须尽早采取对策。”

“是的，我已经为你想好了。总之，我已经站在你这边并会尽我最大努力。所以，不管你想做什么，请尽管吩咐。”

“太好了，拜托你了！”

山野夫人似乎已经从心里把清水纹三当作精神支柱，依偎在他身旁说。

片刻后，他俩离开树林，沿着河堤上的路朝山野别墅走去。

“哎，我很纳闷，不清楚你丈夫山野大五郎现在的心情。他究竟为什么要杀害自己的亲生女儿？”

“这大概与他的性格有关吧？我丈夫山野大五郎不像真正的商人，他做事一丝不苟，过于严谨，雷厉风行。面对女儿三千子极度散漫的个性，苦无对策。他曾多次提醒，要她检点自己的言行举止，可三千子小姐只是嘴上敷衍却不见行动，导致山野大五郎忍无可忍，最终采取了过激行为。我是这样判断的。”

“噢，原来是这么回事。”

“那个逃走的侍女小松，其实是我丈夫的侄女，故意让她以用人身份出现在我家里。这情况你不知道吧？他是我丈夫死去的弟弟的亲生女儿。

“这里有许多原因。他那弟弟生前品行不端，与我丈夫关系很不好，兄弟之间根本不来往。后来他弟弟死了，留下一个孤苦伶仃的女儿小松。

“而小松的亲戚就我丈夫一个，无奈，不得不让她来我家。按理说，小松与三千子是堂姐妹，应该同等对待。可由于上述原因，就让她当三千子的侍女。”

“照这么说，三千子和小松其实是堂姐妹喽！”

清水纹三第一次听说山野家庭的真实情况，惊愕不已。

“是的。这对有着相同血缘的堂姐妹，按理说在某些地方应该有相似之处，可她俩的性格完全不一样。

“三千子懒惰散漫，与我丈夫一丝不苟、雷厉风行的性格相反。而小松善良、勤快，与他父亲的不良性格也相反。

“小松清楚地记得父亲生前对待伯父极不友好的态度和事情，对于我们收养她打心里感激，干起活来细致、周到，非常卖力。”

渐渐的，天色黑得伸手不见五指，河堤路暗得连自己的脚也看不清楚了，他们只得慢慢地行走。由于身心疲惫和害怕直接面对事实，山野夫人的步伐不由得越来越慢，而觉得不说话更感到冷清。

“小松和三千子这对堂姐妹，都与司机路屋君交往。当三千子得知路屋君已经与小松订婚后，醋意大发，想方设法故意找碴从中作梗。

“她自己什么也不干，专门使唤小松，还指手画脚地说这说那挑毛病，与小松闹得很僵。丈夫山野大五郎得知这一情况后十分恼火，在对女儿进行多次批评而不见效果后终于忍耐不住了。

“其实，他早就想动手了。这是我早就察觉到的。他送女儿三千子去地狱是吃了秤砣铁了心的。”

“山野君真值得同情。”

“尽管三千子经常作弄小松，但小松好像没有半点儿厌烦的感觉。我丈夫没想到自己与弟弟之间的关系在下一代身上重演。尤其使他不能容忍的，居然是自己的亲生女儿学叔叔的模样羞辱堂妹。仔细想来，我丈夫还真值得同情。”

“为什么不主动自首呢？如果是过失，也定不了大罪呀！”

“可毕竟是杀了人，即便被判得很轻，也无法面对朋友面对社会。视人际关系比什么都重要的丈夫，千方百计想隐瞒也不是没有道理的。”

“何况他还是名门望族的后代。”

“是的，我丈夫山野不只是担心自己，更重要的是担心家族在社会上的名声。如果自己杀死亲生女儿的事情流传到社会上，自己与弟弟生前不友好和这对堂姐妹不友好的情况都将公之于众。比起这些，我想最令他担心的，可能是山野家族出现杀人凶手的情况公之于众了。”

“他为什么只责怪自己的女儿？”

“当然是自己的女儿不好，就是双方都有错也应该指责山野三千子。我丈夫是一个知书达理的人，何况，确实是山野三千子挑刺闹事。还有，我丈夫越来越感到侄女小松通情达理，相反，女儿三千子却与他的性格迥然不同。”

突然，清水纹三一把抓住山野夫人的手臂停下脚步。

“夫人，别出声！”

说完，侧耳倾听周围的动静。

“身后好像有人跟踪。”

山野夫人也竖起耳朵仔细辨别。

他们的身后确实有“尾巴”，而且肯定是尾随跟踪他俩的。

只要他俩一停住脚，跟踪者随之也停下脚步。

清水纹三悄悄转过身朝黑暗里眺望，距离他们最近的那棵大树后果然有人。

“是谁？找我俩有什么事？”他虚张声势，大声喝道。

“清水君，抓住了吗？是我呀！”

紧接着，黑影径直从大树后蹿出，语调十分亲切。

“我已经累得受不了啦！我是从O町一直跟踪来到这里的。一路上，你俩始终处在兴奋状态，丝毫没有察觉到我。怎么，难道还没听出我的声音吗？我是明智先生的助手小林芳雄，我和你在菊水旅馆见过两三次面。想起来了吧？”

一听到这熟悉的名字，清水纹三不好意思地语塞了。自己劝说山野夫人逃跑的情景以及刚才两个人的对话肯定被小林芳雄看到和听到了。他也肯定什么都会向明智小五郎报告。

清水纹三十分懊恼，提高嗓门儿问道：“你为什么在我们后面跟踪？”

小林芳雄带着歉意的口吻说道：“对不起，我是听从明智先生的命令，在O町那幢住宅前面等你们出来。”

“我们逃跑的整个过程你都看到了？”

清水纹三突然紧张起来，心扑通扑通直跳。

“是这样的。你们要是往家里走，我就跟踪到山野别墅为止。你们如果出走，不管走到什么地方我都得跟着，哪怕走到天边我也必须跟着。我的另一个任务，是尽量探听你俩的对话。明智先生还特意关照，说你俩一路上也许有危险，万一遇上不测，要我想方设法救出你们。”

清水纹三在听小林芳雄说话的过程中，猛然觉得腿脚发软，浑身一点儿力气也没有了。

现在他明白了，明智小五郎的火眼金睛早已洞察一切。他什么都清楚。

“照这么说，明智先生事先知道山野夫人在那幢住宅里，故意把我带到那里，再派你跟在我们身后偷听我俩的对话？”清水纹三喃喃自语地说。

“他只是说万一。万一情况变成那样，我就跟踪你俩……因为你对山野夫人有误解，可能会那样做，他要我阻止那种情况出现。”

清水纹三和山野夫人面面相觑，不由得松了一口气。

讲述案情

那天晚上，在偶人工艺师安川国松的家里举行了一次特殊的碰头会。

偶人制作车间非常宽敞，地上铺有木板。大家席地而坐，参加会议的有田村检察官、中村警长和当地警署的警官等。此外，还有神情沮丧的清水纹三和忐忑不安的偶人工艺师安川国松。

山野夫人由于过度疲劳，一到家便卧床休息。

受重伤的侏儒则被送到附近医院抢救，处在生死不明的状态。

他俩没有参加会议。

偶人制作车间的角落里，伫立着制作好的各种木偶，旁边放有一些半成品的脑袋、手臂和脚等，犹如被野兽吃剩下的，让人毛骨悚然。

明智小五郎站在这些半成品的旁边，他的前面摆着一张小桌子，上面放有一堆曾给清水纹三看过的物证。

明智小五郎打算今晚抓住和移交真正的凶手，特意邀请了朋友田村检察官和中村警长。他之所以选择木偶师安川国松偶人制作车间为开会场所，有两点理由：一是彻底追查侏儒事件尚未结束；二是案情说明会。

其实，第二点是最重要的理由。

明智小五郎环视大家一眼，先是简明扼要地解释了迄今为止的侦查过程，接着直接进入本案主题。

“该案马上要进入结案阶段了，也就是说，如果要举出被视为杀害三千子的犯罪嫌疑人，我可以说出四个人的姓名。

“首先是养源寺的和尚，即正在医院抢救的侏儒。根据目前掌握的证据看，他是最凶恶也最残忍的案犯。

“他把三千子的手脚砍下来在公众面前展示，还多次威胁山野夫人。但是，我们在这里还应该思考这样一个问题：侏儒为什么要这样做？

“经过这样的思索，可以基本断定侏儒不是直接凶手。”

明智小五郎说到这里，每个人的脸上都浮现出不可思议的神情，一些以为侏儒是凶手的人悄悄议论起来。

明智小五郎看了他们一眼，举起右手示意大家安静，接着继续说：“其次是山野夫人，也就是三千子小姐的继母。我们在山野夫人房间的壁橱里，发现了三千子小姐用过的围巾和其他物品，这一些是铁的证据。虽说山野夫人的作案疑点最大，但我没有像清水君那样把她视为第一犯罪嫌疑人。现在，山野夫人说出了一些情况，可以认定她不是凶手。”

尽管明智小五郎的这一说话方式带有让人思考的意图，不怎么令大家心服口服，可这些内容激发了大家的兴趣，都侧耳仔细听他的演说。

“第三是侍女小松，也就是三千子小姐的情敌。案发那天，她借口身体不舒服而独自一人在卧室里，又在几天前出走，并且下落不明。为此，警方把她列为重大犯罪嫌疑人。她的具体住所，我也已经调查清楚。但是，从掌握的情况来看，可以证实她不是真正的凶手。”

听到这里，中村警长的脸上猛地格外紧张起来。

警方全力以赴寻找的小松，现在下落不明，可这个明智小五郎，居然知道她住在哪里。

中村警长想说什么，动了一下嘴唇，似乎又想起什么，又闭上了嘴唇，比刚才更加认真地听明智小五郎的演说。

“第四是司机路屋君，他是案发第二天请假回到老家的，属于稍有疑点的对象。三千子小姐爱他，他也并不讨厌三千子小姐，可以说他根本没有杀人动机。不仅如此，我还找到了他的住所，核实了他不是真正的凶手。最终的结果，刚才举出的四个犯罪嫌疑人中间，没有一个是凶手。”

明智小五郎说到这里环视了大家一眼。

他说话的方式仍然像刚才那样，故意让听的人自己去思考，这使得大家的好奇心越来越强。一些嗜烟者竟忘了点火吸烟，目光停留在明智小五郎那两片嘴唇上。

“我现在要说的是，出现在我们眼前的第五犯罪嫌疑人。他是谁？刚才，我的部下小林芳雄跟踪山野夫人和清水纹三时，偷听了他俩一路上的对话。尤其夫人山野百合子的那段告白，我也经过了核实。”

明智小五郎介绍了他俩从O町到隅田川河堤再返回别墅的过程。

“从迄今为止山野夫人不可思议的行动以及叙述来看，就像我早就断定的那样，她不是犯罪嫌疑人。但是，她为保住山野家族的名声绞尽了脑汁。应该说，山野夫人用心良苦……可见，她非常值得同情。但她所做的一切都是徒劳的。她曾想象丈夫山野大五郎是杀人凶手，其实那是绝对不可能的。”

明智小五郎全盘否定了自己列举的第五嫌疑人山野大五郎。就这样，他一一否定了迄今为止被列为凶手的所有嫌疑人。

那么，他到底想要说什么？

“话又说回来，山野夫人认定三千子的死是丈夫所为也不无道理。”

说到这儿，他停顿片刻，似乎在把接下来要演讲的内容稍稍归纳一下，随后滔滔不绝地往下说：

“夫妻之间产生那样的误解，如果稍微考虑一下，令人感到震惊和不可思议。可一旦知道他俩之间的情况，也就会觉得那样的分歧不足为奇。

“山野大五郎向来做事严谨，一丝不苟，不允许自己出现任何差错。他与夫人山野百合子的结合，是沿袭了过去留下来的丈夫与妻子是‘主与从’的旧习惯。

“因此，他俩不曾相互敞开心扉畅谈过，时间一久便产生了这样的误解。在山野夫人看来，所有的现象告诉她，丈夫是杀害女儿的凶手。

“首先，案发当天晚上，山野大五郎一直在别墅的书房里查阅资料；大家知道，三千子小姐的卧室也在同一幢别墅里。还有，山野大五郎为了寻找司机路屋君一直追到大阪，给了他许多钱。

“山野大五郎回家后便发高烧患病卧床，独自一人待在房间里闭门不出。随着案情的发展，山野大五郎的病情越来越重。

“这时，他不愿与家人见面，甚至连话也不愿意说。不仅如此，在侏儒写给山野夫人的信上竟有山野大五郎的名字。”

明智小五郎举起放在桌上的那张烧剩拼凑的便条，把来龙去脉和内容解释了一遍。

听了这些，大家才知道事件背后竟然隐藏着意外的秘密，不由得大吃一惊。这些人中间，唯独安川国松心不在焉，全身颤抖。

清水纹三也对明智小五郎的这番解释感到意外。他原本认定凶手就是山野大五郎，可现在被明智小五郎否定了。如果凶手不是他，那真正的凶手又是谁呢？如此一来，被怀疑的对象岂不是一个都没有了吗？

明智小五郎到底在想什么？他说得清清楚楚，今晚交出真正的凶手。如果真是这样，凶手应该在安川国松的偶人制作车间里。那他是谁呢？除警察外剩下的就是偶人工艺师和自己。难道凶手是偶人工艺师安川国松吗？

清水纹三越想越感到迷惑。

突然，一个奇怪的想法犹如闪电在脑海里掠过。吃惊和兴奋，使他觉得自己的胸膛在剧烈地起伏。

是的，是那张照片！明智小五郎曾经对着那张照片议论过一番。无疑，答案在照片上。唉，自己要是早点儿抓住那张照片推理，不就都清楚了吗？

那张曾在明智小五郎下榻的旅馆房间里见到过的照片，眼下正静静地躺在明智小五郎面前的桌上。明智小五郎为什么对那张照片那么感兴趣？其中的原因，也只有他清水纹三知道。

啊，啊，事情如果真是那样，那就太不可思议了！

凶手是谁

明智小五郎丝毫没有理会清水纹三此刻的心情，继续着他逻辑严密的演讲："我说到这里，一定会有人说，怎么，犯罪嫌疑人一个也没有了？然而，只要有犯罪案件，就一定有嫌犯；只要是他杀案件，就不可能没有凶手。"

大家的脸上露出理所当然的神情，不停地点头，等待大侦探的下文。

"人确实被杀了，这已是不容改变的事实。只是因为凶手是出乎人们意料的人物，无论谁，包括山野百合子都不可能察觉。作为受理本案的我来说，应该在今天晚上按照合同规定交出凶手。"

大家听到这里，又是你望着我我望着你。

"这么说，你已经抓住凶手了？"中村警长又紧张了，朝前探出上身问道。

“中村君，我一贯讲信用，这你应该清楚。请放心，我今晚一定交出凶手。不过，在交出凶手之前，我想说一下如何发现和识别真正凶手的过程。这对于警方今后的破案工作，很有参考价值。”

坐在明智小五郎对面的田村检察官那里突然发出咔嗒的响声，两条腿在重新组合，脸上出现已经不耐烦的焦急表情：“明智君，你磨磨蹭蹭地干什么呀！先说说凶手是谁吧！”

明智小五郎高兴地笑着答道：“看来，你还没有分析出凶手是谁吧？是啊，你还得忍耐一下，我必须按顺序解说。”

田村检察官无可奈何地用手抓了一下脑袋说：“好，真拿你没办法。我就忍耐吧！不管怎么说，请你别把它弄得像小说情节那样，尽可能简明扼要点儿！”

田村检察官说完苦笑了一下。

“在这起案件中，我最初是从这些化妆品上找到疑点的。”

明智小五郎边说边把手伸到桌上，拿起白色化妆膏。

“这就像音乐家发现不协调的音那样，当侦探的，必须对事物自相矛盾的部分极其敏感。

“被我们忽略的，往往是那些看似不重要或者不值得一提的疑点。其实，常常成为破案关键和推理出发点的，就是这些小不点儿。

“这瓶白色化妆膏，是从三千子小姐的化妆台上拿来的。就像大家见到的这样，其他化妆品表面都有指纹，唯独这个化妆瓶表面没有任何痕迹，似乎被特地擦掉了。

“这瓶化妆膏，是最容易渗入皮肤的油性化妆膏。尽管容器外表的指纹被特地擦掉了，可容器里的化妆膏表层却留有清晰的指纹。这是嫌犯往往会疏忽的地方。

“可它对于我们侦探来说，会对整个案件的侦破工作起到至关重要的作用。容器里留下的指纹，与其他容器表面的指纹完全不同，也与手臂上的手指指纹完全不同。”

“啊！”有人发出极其惊讶的声音。

“留在容器里化妆膏表层的指纹，经查证是右手指纹。将该指纹与水粉表层的指纹比较，粗看有点儿相像，但用放大镜放大看，则是其他人的指纹。

“山野三千子是爱化妆的姑娘，除化妆台上有许多化妆品外，其他地方也有许多。奇怪的是，放在其他地方的化妆品上没有留下一个指纹。

“试想，化妆品即便只用过一次，其表层也应该留下指纹。反之，是让人无法想象的。”

田村检察官点点头说：“是的，女人在化妆的时候，通常手上沾满了油脂，应该比平时更容易沾上指纹。”

“是啊，尤其是那个不怎么爱整理和清洁的山野三千子，不可能每次化妆过后将容器表面擦得干干净净。无疑，是有什么特别用意而故意擦掉容器表面指纹的。

“我想，最好是这样分析。那么，究竟是出于什么特别用意而擦掉这容器表面痕迹的呢？答案很简单：唯独该容器表面不能留下指纹，而且该容器必须放在那里。

“也就是说，这不是山野三千子使用的化妆膏。换句话说，凶手居心叵测，这是为了转移我们的视线而伪造的证据。”

清水纹三听到这里悄悄扫了一眼周围，大家的眼睛直眨个不停，那表情似乎还没有明白。

他喜不自禁，是因为自己想象的答案渐渐清晰起来。

“明智君，凶手大概是……”

清水纹三险些大声喊出凶手的名字，好在被理智战胜了。他很想听听大家在明智小五郎说出答案时发出的惊叫声，尤其想看看他们那种终于恍然大悟的表情。

“这些留有证据指纹的化妆品，档次不是很高，与习惯高消费的山野三千子不相称。并且，双氧水粉和双氧水油膏之类的化妆品，无论哪一种类都适用于油性皮肤的人。

“可据我调查，脸色苍白的三千子小姐，不是油性皮肤，而是干性皮肤。也就是说，这些化妆品根本不适用于三千子小姐。

“再说说这化妆粉。通常，肤色苍白的人，喜欢使用颜色明亮的化妆品。可这些化妆品都适用于皮肤发红的人，以便适当地修正肤色。

“还有，就目前的留短发女子来说，已不太使用发油。因此，如果说这些化妆品是三千子小姐使用的，那会给人不可思议的感觉。

“至少，它们不是三千子小姐常用的化妆品。如果深入分析这一现象，无疑，这些化妆品是有人从别处拿来，故意放在山野三千子化妆台上的。”

明智小五郎的解释，渐渐详细起来。

“这些化妆品是事先准备好的，是凶手伪造的证据。采用吸墨纸也可以证实，这是伪造的证据。”

明智小五郎从桌上取出桃色吸墨纸，给大家看。

其表面，有十分清楚的大拇指的墨水指纹。

“它被放在山野三千子写字桌的正中央，位置十分显眼，是为了让人一眼就能看到。还有，这上面有很淡的吸取文字的痕迹。

“粗看，是点点虚线，很难看清楚到底写的是什么。用铅笔按照虚线描深后，模模糊糊的文字便变得清晰起来。

“句子里没有特别引人注意的地方，只不过酷似女人写的文章的一部分。可是，这些文字的笔迹有疑点。

“这是一张有山野三千子笔迹的纸，将它与刚才吸墨纸上的笔迹相比较，两者都出自笔迹非常相似的女子之手。但吸墨纸上的文字是从左边写的，难以比较出不同的地方。

“瞧，这样看。”

明智小五郎取出事先准备的小镜子照在吸墨纸上，朝着大家。

田村检察官站起来把脸凑到边上，不停地比较着两边的笔迹。

“怎么样？用镜子把它变成从右边写的文字，就变成其他人的笔迹。可见，这吸墨纸上的文字不是山野三千子写的。”

“嗯，确实不一样。”田村检察官的视线紧盯着两边的文字说。

“照这么说，是啊……”他终于抬起脸望着明智小五郎吃惊地说，“看来，侏儒僧人怀里揣的那条手臂，不是山野三千子的！如果化妆品上的指纹是伪造的话……”

“是的！那不是山野三千子的手臂！”

明智小五郎微笑着说。那表情似乎在说：“你终于明白了！”

“这么看来，本案得从根本上推翻……”

“是的，从一开始就弄错了。”明智小五郎平静地答道。

突然，田村检察官的表情变得严肃起来，脸部肌肉紧绷。中村警长也探出上身。

“明智君，这么说，山野三千子根本就没有死？”

“是的，她从来就没有死。”

“那，你……”

田村检察官与中村警长相互对视了一眼，两人因紧张而脸色苍白，两双眼睛愣愣地望着明智小五郎。

明智小五郎看了他俩一眼，点了点头说道：“是的，你们的分析是对的，山野三千子不是被害人。”

“不是被害人……”

“是的，是加害人，是杀人凶手。”

“那她现在在哪里？山野三千子到底杀谁了？”

“请等一下，我已经估计到了，我想我的分析肯定不会有错。”

明智小五郎打断检察官的追问，将目光移向坐在后面的人。

案情真相

那里坐着偶人工艺师，就是刚才浑身哆嗦的安川国松。

“安川君，我要问你一些不可思议的事情。排列在这里的偶人，大概都是客户向你定做的吧？”

“是的，是像你说的那样。”偶人工艺师神色慌张地答道。

“这些都是来自浅草商店的订单，全都是要定做像活人那样的偶人。”

安川国松的声音显得阴沉沉的。

“最里面的那个偶人，个头好大哟……难道也是给浅草店的货？”

“是的，是像你说的那样。”

偶人工艺师颤抖得更明显了，一眼就能看出他在瑟瑟发抖。

“到昨天为止，这偶人一直是作为装饰品陈列在店里的。可从今天开始，你为什么把它与其他偶人混在一起？”

安川国松紧张得连声音都发不出了，嘴上的肌肉在不停地抖动。

明智小五郎突然站起身来，把那些作为屏障的偶人一个个弄翻在地。他走到伫立在那里的大个儿偶人跟前，拾起放在边上的榔头，朝着偶人的脸部一阵敲打。

大个偶人的脸被敲打得乱七八糟，粉末与石膏片纷纷掉落在地。

“瞧，诸位，这就是可怜的被害人。”

明智小五郎用手把偶人脸上的剩余石膏块一一除掉，顿时裸露出一张披头散发的死人脸。与此同时，从那里散发出一股刺鼻的难闻气味。

“大家该明白了吧？不用说，这是侍女小松的尸体。可怜的她，两只手和两条腿各被砍掉一半，成了侏儒模样，还被人残酷地藏匿在偶人空壳里。这也是侏儒发明的令人发指的所谓‘杰作’，简直罪大恶极！”

明智小五郎一边说，一边用手帕掸掉大个儿偶人脸上剩余的粉末。渐渐的，尸体脖子前侧的喉骨也出现了。不可思议的是，颈部皮肤上出现了一处大黑痣模样的痕迹。

很显然，这是用手指掐的印痕。

“由于头部受伤还不至于死亡，于是凶手将被害人掐死了。”

明智小五郎说话的声音很轻。

房间里，瞬间出现了异样的沉默。就连那些习惯于这种现场的刑事侦查警官们，也被这惨不忍睹的情景惊吓得目瞪口呆，不忍心继续朝那里看。

“唉，看来，是山野三千子杀害了小松吧？”

片刻，田村检察官叹了口气，问道。

“是的。”

没想到，明智小五郎说这话时脸色变得铁青。

“那么，是谁把尸体装入偶人壳里的？”

“这不是山野三千子所为，是怪物侏儒僧人干的。而安川国松是帮凶，该案的同案犯。我怎么会怀疑偶人工艺师安川国松的呢？

“因为，我看见侏儒僧人来过这里。另外，侏儒僧人的假腿，不是真正的假腿，而是用制作偶人腿的材料做的，是经过特别设计和特别加工制作而成的，称得上做工上乘的假腿。

“难怪那家伙经常穿鞋子，就是这缘故。说到寻找制作假腿的人，无疑只能从偶人工艺师中间排查。

“这个叫安川国松的偶人工艺师，不仅与侏儒僧人臭味相投，而且交往时间长，关系也很深。”

“但是，明智君，我总觉得你这判断还不太有把握。”

田村检察官好像突然发现了什么，打断明智小五郎的话。

“假设小松是被害人，那么侏儒僧人揣在怀里的小手臂又是谁的呢？小松离家出走，只是两三天前的事情。而M百货大厦发生那起事件时，小松不是还在家里吗？从时间上看，我觉得你的分析存在矛盾……”

“噢，是这样的。案发第二天开始，小松就病倒了，并且不愿让别人看见自己。我去探望她的时候，她脸朝着里侧都不看我。好在她不经意地朝我伸出了手，使我得以仔细地观察了她的手指。她那修得漂亮的长指甲，一看就知道是与家务活不沾边的女人。”

田村检察官听完这话，急切得口吃起来，问道：“那么，也许是……但是，怎么会干那样的傻事？”

“是啊，我一开始也是像你这样想的。但是……你瞧这个！自从我在这张照片上发现了疑点，更坚定了我的想法。”

明智小五郎从桌上拿起山野大五郎一家的照片，递给中村警长和田村检察官看。

照片上的山野三千子，满脸嗜好恶作剧的表情。她的眼睛下边画有眼镜架。

“像！这两个人很像！”

田村检察官和中村警长面面相觑，同时嘀咕起来。

“怎么样，像吧？山野三千子如果脸上恢复常态，与侍女小松十分相似。这也是可以确认她干那种傻事的理由之一。说到侍女小松，其实，她是山野大五郎的亲侄女，与山野三千子是堂姐妹。

“说到这对堂姐妹的不同点，堂妹小松，老实善良，表情古板；堂姐三千子，表情丰富，很做作。另外，她俩的发型、眼睛和眉毛形状各不相同，难以让人联想到她们是堂姐妹。

“明白了吗？那天晚上，山野三千子与小松之间发生了激烈争吵。山野三千子举动过激，用石膏像朝小松扔去，失手杀害了小松。

“面对失手致人死亡的突发事件，山野三千子不由得慌张起来。最终，她想出扮作小松的办法，企图改变自己难堪的处境。”

“那就奇怪了！她即便扮作小松，也不可能改变她的犯罪事实呀？”

“可她为了避免杀害小松的嫌疑，制造假象把小松的死嫁祸于山野百合子。”

“奇怪！难道家人中间没有一个知道的？”

“不，有一个人是知道的，是山野三千子的父亲山野大五郎。凑巧案发那天，他在别墅里。

“山野大五郎非常看重家庭在社会上的地位和声誉，于是他违背了自己一贯提倡的道德观，默许了山野三千子的所作所为。

“他还和山野三千子联手，想方设法让尸体消失。他给山野三千子一笔钱，怂恿她出走，还同时收买了养源寺的和尚侏儒僧人和司机路屋君。

“不料，山野大五郎的这一做法使夫人山野百合子更像该案件的犯罪嫌疑人，以致案件变得错综复杂。”

“照这么说，是侏儒僧人，即养源寺和尚接受了埋葬小松尸体的委托，反过来利用山野家的丑闻敲诈山野夫妇的钱财？”

“是的，那是因为山野大五郎不知道那和尚竟然是恶魔。

“他在接受委托前一直乔装打扮，用假腿伪装自己不是侏儒人，还时常出入山野家，装得十分善良，与山野大五郎友好交往了很长时间。

“而山野大五郎在委托他之前，曾一直慷慨解囊援助养源寺，误以为和尚是可以信赖的人，便对他公开了事实真相，并委托他帮忙。

“山野大五郎万万没有想到，那和尚贪得无厌，反其道而行之。”

“本案还真复杂！多亏你的解释，现在基本清楚了案件真相。这样吧，你把凶手交给我带回警署。哎，凶手山野三千子在哪里？”

中村警长如梦初醒，站起身来，似乎才察觉到应该尽快履行自己的责任，询问明智小五郎凶手的下落。

意外惊喜

“中村君，凶手肯定要交给你。可我经过思考，又觉得她挺可怜。三千子小姐养成那样的性格，与她复杂的家庭历史背景有很大关系，况且她又是独生女。

“一想到这里，我又觉得不是她一个人的错。现在，她悔恨不已，后悔自己杀了人。她可以说是犯了杀人罪，但毕竟是过失杀人罪。

“田村君，请你在公诉时别忘了这段重要情节。”

明智小五郎平静地提醒道。

“我知道，尽量按你希望的去做……总之，先把凶手三千子的所在地说一下。”

“什么？所在地？她就在这里。”

明智小五郎说完打了一个手势。于是，与卧室之间的移门被推开了，小林芳雄和扮作小松的山野三千子走进房间，他俩身后还有司机路屋君。只见山野三千子伤心地抽泣着，耷拉着脑袋。

“路屋君从案发后就在这里。”

看到大家脸上半信半疑的表情，明智小五郎马上解释道。

“这也是因为山野大五郎深信养源寺和尚的缘故。由于搬运尸体的路屋也是帮凶，不得不按照和尚的意思将他隐藏在这里。

“说到侏儒僧人，他到底犯了什么罪行?

“他把这房子后的小仓库做成隐蔽的地方，让路屋君住在这里，每天三餐由专人送。而路屋君一直盼望扮作小松的三千子快些出走，来这里与他相聚。

“如果人家对于被害人是山野三千子这一情况深信不疑，山野三千子也就没有必要再化装。于是，山野大五郎决定等到时机成熟，让扮作小松的三千子离家出走，在这里与路屋君见面。

“说到山野三千子，她既然那么爱着路屋君，当然希望逃到他隐藏的地方。

“而在山野大五郎看来，让三千子以侍女小松的身份与路屋君结婚，也没有什么不可以的。司机和女用人地位相当，不会引起他人的怀疑。

“山野大五郎也充分考虑了他俩今后的婚事。”

明智小五郎的推理演说结束了，警方决定把山野三千子、路屋君和安川国松押送到附近的厩桥警署。

大声痛哭的山野三千子，脸色铁青的路屋君，浑身发抖的安川国松，被一一戴上了手铐。这时，房间里的空气顿时变得沉闷起来。

三名警官让他们走在前面。

就在警官他们离开偶人制作车间门口的时候，有人大声喊叫：

“哎，三千子小姐，三千子小姐，请稍等一下！”

是明智小五郎的声音。刚才，他一直注视着小松脖子上大块黑痣般的印痕，突然像发现了什么似的，喊住了山野三千子。

“你记得小松脖子上的伤痕吗？是你用手掐住小松脖子置她于死地的吗？”

山野三千子愣了半晌，随后歪着脑袋，脸上露出不可思议的表情，摇摇头说：“没有，没有，我没有掐过她的脖子！怎么啦？”

“真的吗？”

“是真的。”

明智小五郎听完她的肯定回答，脸上的表情猛地变得明朗起来。他用手习惯性地搔着头发，对田村检察官说道：“田村君，你等一下！杀害小松的真正凶手也许不是山野三千子。”

“什么？你说什么？”

田村检察官瞪大眼睛望着明智小五郎。

“你到底怎么啦？刚才不是你断定山野三千子是凶手吗？怎么……”他怒吼道。

“不，也许弄错了。”明智小五郎脸上的表情仍然很平静。

“什么？弄错了？”

“是的，被害人脖子上的手指痕迹，我觉得不像是山野三千子的手指痕迹。如果是她掐被害人脖子的，手指痕迹应该没有那么大。这，我是刚刚察觉到的。还有，山野三千子说她没有掐过被害人的脖子。”

田村检察官的脸上，露出惊讶的表情。

“照你这么说……”

“也许，这……”

就在明智小五郎正要往下说的时候，他的部下急匆匆地跑来。

“明智先生，请过来一下！”

明智小五郎见是自己的部下，与他走到房间角落耳语了一阵。不一会儿，明智小五郎转过脸朝着大家兴奋地说道：“诸位，我刚才的判断没有错。杀害小松的真正凶手是其他人，而不是山野三千子。”

“那，凶手到底是谁？”田村检察官与中村警官异口同声地追问。

“真正的凶手是和尚，就是那个侏儒僧人。我的部下特意跑来，就是为了报告这一新情况的。”

明智小五郎请大家坐下，随后又说了起来：“侏儒僧人是刚才在病床上断的气。断气前，他供出了自己犯下的所有罪行。他干过许多坏事，手段残忍，可谓罄竹难书。详细情况，等以后有时间时再说。现在，先说说关于本案的部分。”

山野三千子站在大家背后，竖起耳朵静静地听着。

“那天早晨，路屋君将藏在垃圾箱里的小松尸体转移出别墅，交给了侏儒僧人。而侏儒僧人把尸体当作垃圾，暂时藏匿在养源寺的垃圾堆里。

“那天夜里，侏儒僧人打算把尸体转移到没人看见的场所。就在他从垃圾堆里抱出尸体的时候，发现小松已经恢复了呼吸，没有死。

“侏儒僧人大吃一惊，就在短短的一瞬间，他残忍的本性再次暴露。除了嫉恨生活在这世上的所有正常人之外，他更担心的是，如果小松死里逃生，他向山野夫妇敲诈钱财的计划就破产了。

“于是，他把好不容易起死回生的小松姑娘掐死了，还残酷地砍断她的手和腿向社会展示，用不同的手段威胁山野夫妇。

“但是，脸是不能展示的。因为一旦展示，死者不是山野三千子而是小松的真相就会暴露。无疑，山野夫人也会察觉真相。

“于是，侏儒僧人想出了使用偶人藏匿被害人的脸和身体的办法。这些都是侏儒僧人的供述。临死前的凶手一般是不会撒谎的。”

清水纹三难以忘记当时的异样情景。

山野三千子和路屋君原先还是哭丧的脸，转眼间露出轻松的笑容。

侍女小松真正的死因也很快传到了山野别墅。卧病在床的山野大五郎听到这一消息后，立即与妻子山野百合子三步并作两步地跑来了。

“最后掐脖子致使被害人死亡的，不是山野三千子。再说她还年轻，法院也许会判无罪。”

田村检察官笑嘻嘻地说，高兴地安慰山野大五郎。

尽管这样，山野三千子、路屋君和安川国松暂时还是被带到当地的厩桥警署。好在田村检察官已经有话在先，山野夫妇俩心情不再那么沉重。此刻，唯独安川国松神情沮丧。

清水纹三与明智小五郎一起离开偶人工艺师的住宅。

“太好了！山野大五郎一向表情严肃。今天他那么开心，我还是头一回见到呢！”清水纹三兴奋地说。

“嗯，太好了，真的太好了！这一回，山野三千子是从内心深处忏悔。今后，她一定会成为孝敬父母的好姑娘。由于我的出现而使这个家庭变得友好和睦，真是太难得了！”

春天夜色浓浓的大街上，明智小五郎一边大步行走，一边愉快地说道。

おわり